普通高等院校教材配套用书

市场营销实训

Shichang Yingxiao Shixun

李叔宁　主　编

王亚玲　副主编

高等教育出版社·北京

HIGHER EDUCATION PRESS　BEIJING

内容提要

    本书为普通高等院校教材《市场营销》（李叔宁主编）的配套用书。

    全书按照《市场营销》教材的内容体例，共分为十四章，每章均从知识训练模块和能力训练模块两方面进行训练。在能力训练模块中，根据各个知识点对实训的要求，设计了案例分析和体验训练两个部分，紧密联系实际，让学习者在生活实践中体会和把握营销的思想与实践。最后的市场营销综合训练采用项目教学方式将全部营销知识按照实际工作过程连接成一条线，整体思路清晰、要求明确，为教师教学和学生学习提供一定的发挥拓展空间，充分体现了实训教程的规范性、灵活性和实用性。

    本书适合作为本科院校经济管理相关专业的市场营销课程教材，也可作为高职高专院校经济管理相关专业的市场营销课程教材。

图书在版编目（CIP）数据

市场营销实训／李叔宁主编 . 一北京：高等教育出版社，2011.9
ISBN 978 - 7 - 04 - 019895 - 9

Ⅰ.①市⋯　Ⅱ.①李⋯　Ⅲ.①市场营销学 - 高等学校 - 教材
Ⅳ.①F713.50

中国版本图书馆 CIP 数据核字（2011）第 163493 号

策划编辑　杨世杰	责任编辑　杨世杰	封面设计　张志奇		版式设计　马敬茹
责任校对　张小镝	责任印制　刘思涵			

出版发行　高等教育出版社	咨询电话	400 - 810 - 0598
社　　址　北京市西城区德外大街 4 号	网　址	http://www.hep.edu.cn
邮政编码　100120		http://www.hep.com.cn
印　　刷　山东省高唐印刷有限责任公司	网上订购	http://www.landraco.com
开　　本　787mm×1092mm　1/16		http://www.landraco.com.cn
印　　张　6.25	版　次	2011 年 9 月第 1 版
字　　数　140 千字	印　次	2011 年 9 月第 1 次印刷
购书热线　010 - 58581118	定　价	18.80 元

前　言

市场营销是一门实践性、过程性、综合性、发展性较强的科学。在理论学习的基础上，做好从营销能力点到营销工作业务过程主线及营销管理层面的能力培养十分重要，这也成为目前市场营销课程实训的重要发展方向。

本书是《市场营销》的配套教材。全书按照《市场营销》教材的内容体例，共分为十四章，每章均从知识训练模块和能力训练模块两方面进行训练。在能力训练模块中，根据各个知识点对实训的要求，设计了案例分析和体验训练两个部分，紧密联系实际，让学习者在生活实践中体会和把握营销的思想与实践。最后的市场营销综合训练采用项目教学方式将全部营销知识按照实际工作过程连接成一条线，整体思路清晰、要求明确，为教师教学和学生学习提供一定的发挥拓展空间，充分体现了实训教程的规范性、灵活性和实用性。

本书的实训设计综合考虑了从知识到能力的衔接，以培养学生树立营销观念、发现思考并解决营销问题为目的，重在引导，给学习者留有更大的自我发挥空间。

本书由李叔宁进行整体策划并完成综合能力训练部分，同时与赵辉、樊涛共同设计编写了体验训练的全部内容，其余训练题目由王亚玲负责编写。本书在编写中参考了同行的教材，在此表示深深的谢意。限于编者的水平和时间紧迫，本书在编写过程中难免有疏漏之处，恳请读者指正。

编　者
2011 年 8 月

前　言

目　录

注：＊内容为高职选学内容。

第一章　市场营销的基本理论

模块一　知识训练

一、辨别是非

1. 市场营销是研究如何做好销售的科学。（　　）
2. 企业管理负需求和有害需求的任务是改变市场营销。（　　）
3. 市场营销者就是指在营销活动中占主导地位的企业,而不是个人。（　　）
4. 生产观念和产品观念是早期营销观念的产物,已经不再适应当前环境了。（　　）
5. 以企业为中心的市场营销观念包括生产观念和产品观念两个。（　　）
6. 社会市场营销观念是以消费者为中心的观念。（　　）
7. "质量是企业的生命"是典型的产品观念。（　　）
8. 推销观念是以市场为中心的观念。（　　）
9. 市场是由买方构成的。（　　）
10. 市场营销是对人们的需要进行研究的科学。（　　）

二、单项选择题

1. 市场营销管理的实质是_____。
   A. 目标管理　　　　　B. 需求管理　　　　　C. 市场管理　　　　　D. 销售管理
2. 在负需求情况下,营销管理的任务是_____。
   A. 降低市场营销　　　B. 改变市场营销　　　C. 开发市场营销　　　D. 重振市场营销
3. 在无需求情况下,营销管理的任务是_____。
   A. 刺激市场营销　　　B. 改变市场营销　　　C. 重振市场营销　　　D. 反市场营销
4. 在潜伏需求情况下,营销管理的任务是_____。
   A. 维持市场营销　　　B. 改变市场营销　　　C. 开发市场营销　　　D. 协调市场营销
5. 在下降需求情况下,营销管理的任务是_____。
   A. 刺激市场营销　　　B. 改变市场营销　　　C. 协调市场营销　　　D. 重振市场营销
6. 在不规则需求情况下,营销管理的任务是_____。
   A. 改变市场营销　　　B. 协调市场营销　　　C. 开发市场营销　　　D. 刺激市场营销
7. 在充分需求情况下,营销管理的任务是_____。
   A. 重振市场营销　　　B. 刺激市场营销　　　C. 维持市场营销　　　D. 降低市场营销
8. 在过量需求情况下,营销管理的任务是_____。
   A. 开发市场营销　　　B. 维持市场营销　　　C. 降低市场营销　　　D. 刺激市场营销
9. 在有害需求情况下,营销管理的任务是_____。

A. 刺激市场营销　　　　B. 改变市场营销　　　　C. 重振市场营销　　　　D. 反市场营销

10. 许多洗涤用品企业近几年纷纷推出环保无磷洗衣粉,这些企业所奉行的营销管理哲学是_____。

　　A. 推销观念　　　　B. 生产观念　　　　C. 市场营销观念　　　　D. 社会市场营销观念

11. "酒好不怕巷子深"是一种_____观念。

　　A. 生产　　　　B. 产品　　　　C. 推销　　　　D. 社会市场

12. 生产观念强调的是_____。

　　A. 以质取胜　　　　B. 以廉取胜　　　　C. 以量取胜　　　　D. 以形象取胜

13. 产品观念强调的是_____。

　　A. 以廉取胜　　　　B. 以质取胜　　　　C. 以量取胜　　　　D. 以形象取胜

14. 认为只要产品质量好,价格公道就可以赢得市场的营销观念是_____。

　　A. 生产观念　　　　B. 产品观念　　　　C. 推销观念　　　　D. 市场营销观念

15. "顾客要什么,我们就生产什么"的营销观念是_____。

　　A. 生产观念　　　　B. 推销观念　　　　C. 市场营销观念　　　　D. 社会市场营销观念

16. 以消费者为中心的观念是_____。

　　A. 产品观念　　　　B. 推销观念　　　　C. 市场营销观念　　　　D. 社会市场营销观念

17. 夏季在东北的市场上往往是众多羽绒服品牌热销的季节,可见羽绒服产品的需求属于_____。

　　A. 潜伏性需求　　　　B. 不规则需求　　　　C. 充分需求　　　　D. 过量需求

三、多项选择题(下列各小题中正确的答案不少于两个,请准确选出全部正确答案。)

1. 市场包含的三个要素是_____。

　　A. 某一特定时间　　　　B. 特定地点　　　　C. 具有某种需要的消费主体(人或组织)

　　D. 购买欲望　　　　E. 购买力

2. 属于以企业为中心的营销观念有_____。

　　A. 生产观念　　　　B. 推销观念　　　　C. 市场营销观念

　　D. 社会市场营销观念　　　　E. 产品观念

3. 社会市场营销观念强调社会理性,要满足多方的综合利益是指_____。

　　A. 消费者利益　　　　B. 生产企业的利益

　　C. 企业员工的利益　　　　D. 社会的利益

4. 下列需求中需要加以抑制或消灭的是_____。

　　A. 负需求　　　　B. 不规则需求　　　　C. 过量需求

　　D. 有害需求　　　　E. 潜伏需求

5. 市场营销学的常用研究方法有_____。

　　A. 产品研究法　　　　B. 机构研究法　　　　C. 职能研究法

　　D. 管理研究法　　　　E. 系统研究法

四、简答题

1. 简述市场包含的主要因素及其相互关系。

2. 如何理解相互市场营销?

3. 简述推销观念与市场营销观念的区别。
4. 简述市场营销观念与社会市场营销观念的差异。
5. 如何针对需求的不同类型实施营销管理?

五、概念描述

1. 市场 2. 市场营销 3. 市场营销观念 4. 需求 5. 营销管理

模块二 能 力 训 练

案例分析

◆ 案例 1 - 1

悲 情 铱 星

　　铱星移动通信系统是美国铱星公司委托摩托罗拉公司设计的一种全球性卫星移动通信系统,它通过使用卫星手持电话机,可在地球上的任何地方拨出和接收电话讯号。而目前我们使用的 GSM 和 CDMA 地面移动通信系统只适于在人口密集的区域使用,对于覆盖地球大部分、人烟稀少的地区则根本无法使用。也就是说,铱星计划的市场目标定位是需要在全球任何一个区域范围内都能够进行电话通信的移动客户。

　　铱星移动通信系统是美国于 1987 年提出的第一代卫星移动通信星座系统,它与目前使用的静止轨道卫星通信系统比较有两大优势:一是轨道低,传输速度快,信息损耗小,通信质量大大提高;二是不需要专门的地面接收站,每部卫星移动手持电话都可以与卫星连接,这就使地球上任何地方的通信都变得畅通无阻。铱星移动通信系统于 1996 年开始试验发射,计划 1998 年投入业务,预计总投资为 34 亿美元。开创了全球个人通信的新时代,被认为是现代通信的一个里程碑,实现了 5 个"任何"(5W),即任何人(Whoever)在任何地点(Wherever)、任何时间(Whenever)与任何人(Whomever)采取任何方式(Whatever)进行通信。

　　然而,如此高的科技含量却好景不长,价格不菲的铱星通信系统在市场上遭受到了冷遇,用户最多时才 5.5 万,而据估算它必须发展到 50 万用户才能赢利。由于巨大的研发费用和系统建设费用,铱星背上了沉重的债务负担,整个铱星系统耗资达 50 多亿美元,每年光系统的维护费就要几亿美元。除了摩托罗拉等公司提供的投资和发行股票筹集的资金外,铱星公司还举借了约 30 亿美元的债务,每月光是债务利息就达 4 000 多万美元。从一开始,铱星公司就没有喘过气来,一直在与银行和债券持有人等组成的债权方集团进行债务重组的谈判,但双方最终未能达成一致。债权方集团于 1999 年 8 月 13 日向纽约联邦法院提出了迫使铱星公司破产改组的申请,加上无力支付两天后到期的 9 000 万美元的债券利息,铱星公司被迫于同一天申请破产保护。2000 年 3 月 18 日,铱星背负 40 多亿美元债务正式破产。昨夜星光灿烂,而今却化做一道美丽的流星。

　　谁也不能否认铱星的高科技含量,但用高技术卫星编织起来的世纪末科技童话在商用之初却将自己定位在了"贵族科技"。铱星手机价格每部高达 3 000 美元,加上高昂的通话费用,使它在开业的前两个季度,在全球只发展了 1 万用户,这使得铱星公司前两个季度的亏损即达 10 亿

3

美元。尽管铱星手机后来降低了收费,但仍未能扭转颓势。

原公司总裁爱德华·斯泰亚诺在营销和运作上出现了一系列失误,如在铱星系统投入商业运营时未能向零售商们供应铱星电话机,这也让它损失了不少用户。据说公司的计划是初期中国的用户就要达到 10 万,可事实是不到 1 000 个。到 2000 年 3 月,铱星公司宣布破产保护时为止,铱星公司的客户还只有两万多家。

思考题:

1. 铱星公司经营失败而走向倒闭的主要教训是什么?

2. 铱星公司的营销决策和行为是否符合现代市场营销观念? 请说明理由。

3. 如果当初受聘担任铱星公司最高经营决策者的人是你,请问:你将用什么办法引领铱星公司走向成功?

◆ **案例 1 - 2**

海尔全力奥运,"用心"公益

全球最大的调研机构之一益普索发布了《北京 2008 年奥运赞助效果跟踪研究报告》。在奥运赞助活动总体认知度调查中,海尔"一枚金牌,一所希望小学"计划以 58% 的认知度高居榜首;同时,因为海尔"金牌计划"被广泛认知,在"富有社会责任感"品牌调查中,海尔以 93% 居首;在值得信赖的家电企业中,海尔与诺基亚以 94% 并列第一。

民族品牌在北京奥运这个大舞台上凭借出彩的表现,把握住机遇实现了品牌的跃升,该调查本身也传递了这样的信息,企业的社会责任和诚信问题得到了全社会前所未有的关注。

在北京奥运会上,海尔避开众多品牌请明星代言、广告轰炸这种千军万马过独木桥的方式,另辟蹊径,创造性地提出"一枚金牌,一所希望小学"计划,成为奥运会历史上首个将奥运精神与公益事业高度结合的品牌,在其全球化的道路上迈出了十分重要的一步。

在国内一些企业并没有理解企业责任的真正内涵,而是将做公益当做未来短期利益做秀的时候,海尔已经对"社会责任"有了清晰的认识。

自 2005 年成为北京奥运会赞助商,提出"我们是奥运的主人"口号以来,如何切实实践主人之责、承担企业的社会责任,成为海尔人绞尽脑汁思考的问题。"奥运是全人类的盛会,应该让一些贫困地区的孩子也能够感受到奥运的喜庆气氛,分享奥运带来的喜悦。"改善恶劣的学习环境无疑是孩子们最迫切的需求,于是,"一枚金牌,一所希望小学"计划经过反复论证终于诞生了。最终该计划让金牌托起了 25 个省、51 所贫困地区小学的 3 万多名孩子的希望。

在铺天盖地的网络评论中,网友们普遍认为"海尔此举所散发的爱心是值得称道的",不过也有网友担心"金牌计划"只是企业的做秀,"51 所希望小学不是一个小数目,海尔是否能够真正落实?"事实证明,从首席执行官张瑞敏到海尔普通员工,每个人都是以热情和认真的态度投入到这项计划之中,每枚金牌所对应的具体小学的名字,海尔都会在第一时间向全社会公布,企业的社会责任已经成为海尔文化的重要组成部分。

海尔的"金牌计划"表面看是拿出钱来建小学,但收获的是一种诚信,体现的是一种责任意识的提高,它必然使一个团队更有凝聚力、战斗力,使自己的品牌更有影响力、竞争力。海尔让金牌托起了孩子们的希望,也让自己的品牌誉满天下。

海尔的"一枚金牌,一所希望小学"计划,给正在或将要走出国门的民族企业诸多有益启示……

分析题:

1. 海尔本次成功的营销活动体现了该企业怎样的营销哲学?

2. 海尔总裁张瑞敏曾说:"只有淡季的思想,没有淡季的市场。"谈谈你是如何理解这句话的。

体验训练

◆ **实训一**

交换——满足个人需求

说明:在一个闭塞的小镇上,人们为了满足个人的需求,需要与其他人进行交换。根据下面的信息(表1-1),分辨每个人所拥有和所需要的物品,在交易发生的条件下,在订单的同一行中填写出交易对象的名字。

表1-1　每个人所拥有的和所需要的

姓　　名	拥有的物品	需求的物品
李一	面包	蔬菜
王二	肉	面包
张三	织布	面包
赵四	水果	织布
孙五	面包	肉
马六	蔬菜	水果

李一　——＿＿＿＿＿　——＿＿＿＿＿

王二　——＿＿＿＿＿　——＿＿＿＿＿

张三 —————— —————— ——————
赵四 —————— —————— ——————
孙五 —————— —————— ——————
马六 —————— —————— ——————

◆ **实训二**

根据各种营销观念的内涵及适用条件,从你知道的企业中找到运用该观念进行营销实践的企业,分析企业运用该观念的条件是什么?并通过比较得出你的结论(表1-2)。

表1-2 不同营销观念企业比较

营销观念类型	企业名称	所属行业	主营业务	市场竞争情况
生产观念				
产品观念				
推销观念				
市场营销观念				
社会市场营销观念				

比较分析结论:

第二章 营销战略与管理过程

模块一 知识训练

一、辨别是非

1. 波士顿矩阵即市场成长率或市场相对占有率矩阵。 （　　）
2. 对于明星类战略业务单位企业应采取收割策略。 （　　）
3. 在通用电气公司法中只有进入绿色地带的业务才能成功。 （　　）
4. 市场开发就是企业通过增加花色、品种、规格等向现有市场提供新产品或改进产品的过程。
 （　　）
5. 水平一体化就是产销一体化。 （　　）
6. 企业利用原有技术、特长、经验等发展新产品,增加产品种类、扩大业务经营范围的增长方式
 称为水平多元化。 （　　）
7. 大企业收购、兼并其他行业企业的增长方式称为集团化增长战略。 （　　）
8. 企业有选择地进入几个不同的子市场的目标市场选择策略称为选择专业化。 （　　）
9. 市场全面化只适用于实力强大的大公司。 （　　）
10. 市场营销组合是一个动态组合。 （　　）

二、单项选择题

1. 由企业高层负责制定、落实的基本战略是_____。
 A. 经营战略 　　 B. 总体战略 　　 C. 职能战略 　　 D. 综合战略
2. 帮助部门及工作人员清楚认识本部门任务、责任和要求的战略是_____。
 A. 经营战略 　　 B. 总体战略 　　 C. 职能战略 　　 D. 综合战略
3. 低相对市场占有率和低市场增长率的战略业务单位是_____。
 A. 问题类 　　 B. 明星类 　　 C. 金牛类 　　 D. 瘦狗类
4. 对于没有前途的问题类和瘦狗类战略业务单位应采取的战略是_____。
 A. 发展 　　 B. 保持 　　 C. 收割 　　 D. 放弃
5. 适用于大金牛类战略业务单位的战略是_____。
 A. 发展 　　 B. 保持 　　 C. 收割 　　 D. 放弃
6. 适用于弱小的金牛类战略业务单位的战略是_____。
 A. 发展 　　 B. 保持 　　 C. 收割 　　 D. 放弃
7. 问号类战略业务单位如果经营成功就会转变为_____。
 A. 金牛类 　　 B. 明星类 　　 C. 问号类 　　 D. 瘦狗类
8. 如企业尚未完全开发潜伏在其现有产品和市场的机会,应采用的战略是_____。

A. 一体化成长　　　B. 多元化成长　　　C. 密集增长　　　D. 后向一体化

9. 对企业的现有产品和新市场应采取的战略是_____。

    A. 市场渗透　　　B. 市场开发　　　C. 产品开发　　　D. 多元化经营

10. 对企业的新产品和新市场应采取的战略是_____。

    A. 市场渗透　　　B. 市场开发　　　C. 产品开发　　　D. 多元化经营

11. 对企业的现有产品和现有市场应采取的战略是_____。

    A. 市场渗透　　　B. 市场开发　　　C. 产品开发　　　D. 多元化经营

12. 对企业的新产品和现有市场应采取的战略是_____。

    A. 市场渗透　　　B. 市场开发　　　C. 产品开发　　　D. 多元化经营

13. 中粮集团是以粮食及粮食深加工为主营业务的企业,近些年其业务触角伸向酒店、地产等领域,这种多元化增长方式属于_____。

    A. 同心多元化　　　B. 水平多元化　　　C. 关联多元化　　　D. 集团多元化

14. 海尔集团的冰箱、洗衣机在市场上有很高的声誉,近些年其在烟机、炉具及微波炉市场也取得了辉煌的成绩,这种多元化增长方式属于_____。

    A. 同心多元化　　　B. 水平多元化　　　C. 关联多元化　　　D. 集团多元化

15. 某汽车制造厂增加了拖拉机的生产项目,这种多元化增长方式属_____。

    A. 同心多元化　　　B. 水平多元化　　　C. 关联多元化　　　D. 集团多元化

16. 市场营销管理过程的首要步骤是_____。

    A. 市场机会分析　　　　　　　　B. 选择目标市场

    C. 设计市场营销组合　　　　　　D. 管理市场营销活动

17. 某企业生产经营酒店所用的窗帘、洁具、床上用品等各类产品,该企业选择目标市场的策略是_____。

    A. 市场集中化　　　B. 选择专业化　　　C. 产品专业化

    D. 市场专业化　　　E. 市场全面化

18. 某企业只生产童鞋,该企业选择目标市场的策略是_____。

    A. 市场集中化　　　B. 选择专业化　　　C. 产品专业化

    D. 市场专业化　　　E. 市场全面化

19. 某企业为所有顾客群提供他们所需要的所有产品,该企业选择目标市场的策略是_____。

    A. 市场集中化　　　B. 选择专业化　　　C. 产品专业化

    D. 市场专业化　　　E. 市场全面化

20. 某企业依据自己的实力有选择地进入几个不同的、具有良好盈利潜力,同时与企业目标和资源条件相符合的子市场,该企业选择目标市场的策略是_____。

    A. 市场集中化　　　B. 选择专业化　　　C. 产品专业化

    D. 市场专业化　　　E. 市场全面化

三、多项选择题(下列各小题中正确的答案不少于两个,请准确选出全部正确答案。)

1. 市场营销管理过程包括的步骤有_____。

    A. 市场机会分析　　　B. 选择目标市场　　　C. 设计市场营销组合

    D. 管理市场营销活动　　　E. 生产产品

2. 企业选择目标市场时可以考虑的策略有_____。
   A. 市场集中化　　　　B. 选择专业化　　　　C. 产品专业化
   D. 市场专业化　　　　E. 市场全面化
3. 市场营销组合的特点是_____。
   A. 复合结构　　　　　B. 层次性　　　　　　C. 动态组合
   D. 可控因素组合　　　E. 战略性
4. 一个有效的企业任务报告书应具备的条件有_____。
   A. 市场导向　　　　　B. 切实可行　　　　　C. 富有鼓动性
   D. 简单明确　　　　　E. 具体明确
5. 企业常用的目标有_____。
   A. 贡献目标　　　　　B. 市场目标　　　　　C. 销售目标
   D. 竞争目标　　　　　E. 发展目标
6. 企业成长战略包括_____。
   A. 密集增长　　　　　B. 一体化增长
   C. 多元化增长　　　　D. 集团化增长
7. 密集增长战略包括_____。
   A. 市场渗透　　　　　B. 市场开发
   C. 产品开发　　　　　D. 市场撇脂
8. 一体化增长战略包括_____。
   A. 后向一体化　　　　B. 前向一体化
   C. 水平一体化　　　　D. 垂直一体化
9. 多元化增长的主要方式有_____。
   A. 同心多元化　　　　B. 水平多元化
   C. 市场多元化　　　　D. 集团多元化
10. 放弃战备适用的战备业务单位属于_____。
   A. 问题类　　　　　　B. 金牛类
   C. 明星类　　　　　　D. 瘦狗类

四、简答题

1. 简述战略与战术的含义与区别。
2. 简述战略业务单位的特征。
3. 企业可以采取的一体化战略有哪些？
4. 寻找、分析和评价市场机会的主要方法有哪些？
5. 市场营销组合的构成和特点是什么？
6. 多元化增长的主要方式有哪些？

五、概念描述

1. 战略　2. 战略计划过程　3. 战略业务单位　4. 市场营销管理过程　5. 市场机会　6. 后向一体化　7. 前向一体化　8. 水平一体化

案例分析
◆ 案例 2-1

蒙牛 10 年磨砺,从中国到世界的跨越

蒙牛乳业集团成立于 1999 年 1 月份,总部设在内蒙古呼和浩特市和林格尔县盛乐经济园区。1999 年,蒙牛在全国乳制品企业中的排名为第 1 116 位。

在争夺中国乳业市场的商战中,蒙牛乳业凭借一波又一波出色的营销战役,仅仅数年,便从一个提出"蒙牛向伊利学习"的初生牛犊,一跃成长为铁蹄开路的乳业"猛"牛。

2001 年,北京申奥,蒙牛提出:"北京申奥一旦成功,我们捐赠 1 000 万!"

2002 年,蒙牛成为中国航天首家合作伙伴。

2003 年 10 月 16 号清晨 6 点 23 分,中国首次载人航天飞船"神舟五号"返回舱顺利降落在内蒙古草原。蒙牛几乎同时推出"航天员专用牛奶"。

2003 年,"非典"期间,蒙牛率先向国家卫生部捐款 100 万元,用于支持战斗在第一线的医疗工作者抗击非典。

2004 年,作为当年央视广告标王的蒙牛在已出资 3 亿元的基础上,又在雅典奥运会期间追加投入 2 350 万元,冠名奥运午间特别报道。

2004 年 6 月 10 日,蒙牛在香港上市。

短短几年时间,蒙牛从"内蒙古牛"就跃升为"中国牛",成为与伊利、光明齐名的三大乳业巨头之一。1999 年至 2004 年,蒙牛用了短短五年时间成为中国乳业第一名。

2005 年 7 月 13 日,为庆祝申奥成功 4 周年,"志愿北京·蒙牛同行"大型演唱会在北京举行,蒙牛成为为奥运会提供志愿服务的"志愿北京"大型活动首席合作伙伴。

2005 年年底,蒙牛依靠自主创新,率先研发推出了中国第一款高端牛奶——特仑苏。同年,与湖南卫视合作"蒙牛酸酸乳超级女声"获得巨大成功。

2006 年,拥有百年历史的 IDF(国际乳品联合会)世界乳业大会首次落户亚洲,并将素有"全球乳业奥斯卡"之称的 IDF 新产品开发大奖颁发给了蒙牛特仑苏,这也是中国乳业首次获得"世界冠军"荣誉。蒙牛开启的"三农"领域的"中国创造"也受到了世界瞩目。同年,开始冠名"蒙牛城市之间",引起全国城市的关注和参与。

2006 年年底,世界知名的咨询公司麦肯锡为蒙牛做了五年规划,该规划根据世界乳业 20 强企业营业收入及对未来五年增长速度的预测,提出蒙牛"2011 年进入世界乳业 20 强"的目标。

2007 年,蒙牛在香港公布了 2007 年年报,蒙牛终于成为中国首个年收入超过 200 亿元人民币的乳业企业。同时,蒙牛与肯德基结成战略合作伙伴,从 2008 年起为肯德基(中国)2 000 家餐厅提供牛奶,这也是继 NBA、迪士尼和星巴克之后第四个与蒙牛结盟的国际巨头。

十年磨砺,凭借连续 8 年销售收入平均增长 158% 的增长速度,长期积累的研发优势转化为市场的优势。基于产品品质的品牌力量的逐步显现,蒙牛成长为中国乳业的龙头企业。

目前,"百年蒙牛,强乳兴农"已经成为蒙牛的远景目标。

分析题:

1. 蒙牛十年创造了企业发展的神话,从"内蒙古牛"一跃成为"世界蒙牛",请根据案例材料对蒙牛的战略做出分析,并分析战略在蒙牛发展中起到了什么作用?

2. 结合实际,谈谈你自己在蒙牛的快速发展扩张中领悟到了什么?

◆ **案例 2 - 2**

裕兴公司的战略定位

裕兴公司由于没有明确的业务描述,造成了社会上对裕兴公司的描述也是各种各样的——有人认为裕兴是一家软件公司,也有人认为他们是做电脑的,还有人认为他们是做 VCD 的。这种模糊的概念直接影响了裕兴公司在香港上市的道路。认识到了问题的严重性,裕兴公司终于做出了明确的定位:裕兴是一家信息家电的设计、开发公司和一个品牌营销公司;是一家以电子教育为市场运作目标的企业;裕兴有两项产品:教育和娱乐,最终走的是寓教于乐的道路。(网络资源:school. cmat. org. cn)

分析题:

1. 裕兴公司的战略描述为什么会制约其发展?

2. 企业在其营销战略的确定时需要考虑哪些问题?

体验训练

◆ **实训一**

查阅资料,比较同行业两家竞争者的战略差异(表 2 - 1)。

表 2 - 1   同行业竞争者的战略差异

	企 业 一	企 业 二
战略描述		
主营业务		
成长战略		
经营效果		

◆ 实训二

运动服装已经越来越受到不同年龄段顾客的广泛欢迎,很多运动品牌也受到了广大消费者的认可。调查熟悉的五个运动品牌,比较其营销战略,并比较其目标市场选择策略的差异(表2-2)。

表 2 - 2 不同运动品牌的营销战略及目标市场选择策略

品 牌 名 称	营 销 战 略	目标市场选择策略

第三章 市场营销环境分析

模块一 知识训练

一、辨别是非

1. 微观环境直接影响与制约企业的营销活动,多半与企业具有或多或少的经济联系,也称直接营销环境。 （　）

2. 同一国家不同地区的企业所处的营销环境都是一样的。 （　）

3. 顾客也是企业重要的环境因素。 （　）

4. 恩格尔系数越大生活水平越低;反之,恩格尔系数越小生活水平越高。 （　）

5. 科学技术是第一生产力,给企业营销活动既带来发展机遇又造成不利的影响。 （　）

6. 在经济全球化的条件下,国际经济形势也是企业营销活动的重要影响因素。 （　）

7. 营销活动只能被动地受制于环境的影响,因而营销管理者在不利的营销环境面前可以说是无能为力的。 （　）

8. 面对目前市场疲软,经济不景气的环境威胁,企业只能等待国家政策的支持和经济形势的好转。 （　）

9. 在一定条件下,企业可以运用自身的资源,积极影响和改变环境因素,创造更有利于企业营销活动的空间。 （　）

10. 影响汽车、旅游等奢侈品销售的主要因素是消费者可支配收入。 （　）

二、单项选择题

1. _____是向企业及其竞争者提供生产经营所需资源的企业或个人。
   A. 供应商　　　B. 中间商　　　C. 广告商　　　D. 经销商

2. 企业的营销活动不可能脱离周围环境而孤立地进行,企业营销活动要主动地去_____。
   A. 控制环境　　B. 征服环境　　C. 改造环境　　D. 适应环境

3. _____就是企业的目标市场,是企业服务的对象,也是营销活动的出发点和归宿。
   A. 产品　　　　B. 顾客　　　　C. 利润　　　　D. 市场细分

4. 影响消费需求变化的最活跃的因素是_____。
   A. 个人可支配收入　　　　　　　B. 可任意支配收入
   C. 个人收入　　　　　　　　　　D. 人均国内生产总值

5. 恩格尔定律表明,随着消费者收入的提高,恩格尔系数将_____。
   A. 越来越小　　B. 保持不变　　C. 越来越大　　D. 趋近于零

6. _____主要指一个国家或地区的民族特征、价值观念、生活方式、风俗习惯、宗教信仰、伦理道德、教育水平、语言文字等的总和。

A. 社会文化　　　B. 政治法律　　　C. 科学技术　　　D. 自然资源

7. _____ 指人们对社会生活中各种事物的态度和看法。

    A. 社会习俗　　　B. 消费心理　　　C. 价值观念　　　D. 营销道德

8. 威胁水平和机会水平都高的业务，被叫做_____。

    A. 理想业务　　　B. 冒险业务　　　C. 成熟业务　　　D. 困难业务

9. 威胁水平高而机会水平低的业务是_____。

    A. 理想业务　　　B. 冒险业务　　　C. 成熟业务　　　D. 困境业务

10. 影响消费者支出模式的主要因素有_____。

    A. 消费者收入　　　B. 消费者信贷　　　C. 消费者储蓄　　　D. 家庭生命周期

三、多项选择题（下列各小题中正确的答案不少于两个，请准确选出全部正确答案。）

1. 市场营销环境_____。

    A. 是企业能够控制的因素

    B. 是企业不可控制的因素

    C. 是可以了解和预测的

    D. 可能形成机会也可能造成威胁

    E. 通过企业的营销努力是可以在一定程度上影响的

2. 微观环境指与企业紧密相连，直接影响企业营销能力的各种参与者，包括_____。

    A. 企业本身　　　　　B. 市场营销渠道企业　　　　　C. 顾客

    D. 竞争者　　　　　E. 社会公众

3. 营销中间商主要指协助企业促销、销售和经销其产品给最终购买者的机构，包括_____。

    A. 中间商　　　　　B. 物流公司　　　　　C. 营销服务机构

    D. 金融中介机构　　　　　E. 竞争者

4. 国内市场按购买目的可分为_____。

    A. 消费者市场　　　　　B. 生产者市场　　　　　C. 中间商市场

    D. 非营利组织市场　　　　　E. 国际市场

5. 对环境威胁的分析，一般着眼于_____。

    A. 威胁是否存在　　　　　B. 威胁的潜在严重性　　　　　C. 威胁的征兆

    D. 预测威胁到来的时间　　　E. 威胁出现的可能性

四、简答题

1. 市场营销环境有哪些特点？

2. 微观市场营销环境的构成有哪些？对企业营销有何影响？

3. 营销中间商包括哪些机构？

4. 宏观环境由哪些要素构成？对企业营销有何影响？

5. 面对市场机会和环境威胁，企业应采取哪些对策？

6. 结合我国实际情况，谈谈发展"老人产业"的可能性及营销对策。

五、概念描述

1. 市场营销环境　2. 微观市场营销环境　3. 宏观市场营销环境　4. 市场机会　5. 环境威胁

6. 营销中间商　7. 个人可随意支配收入　8. 个人可支配收入

模块二　能力训练

案例分析
◆ 案例 3 - 1

湖南卫视的市场营销环境分析与营销策略

　　湖南卫视经过十年的探索和运作,成功地确立了国内首席娱乐频道的地位,成为唯一一个能与央视频道分庭抗礼的省级电视台。2007 年,在"中国品牌五百强"排行榜中,湖南卫视排名113 位,成为各媒体学习的榜样。湖南卫视的成功,源自于对营销环境的准确分析把握和超前的创新意识及策划。

　　一、湖南卫视营销环境分析

　　1. 政治因素。21 世纪以来,整体社会局势向着开放、自由、个性的方向发展;国内政治体系不断完善,政局稳定,保证了整个社会能够理性地面对存在的弊端和问题,并能够合理引导社会发展的多样化趋势,媒体自由化成为发展的趋势。

　　2. 经济因素。随着经济的发展,人们的生活水平不断提高,消费层次、消费水平、消费能力都发生了变化。人们不再满足于枯燥乏味的单一电视新闻,而是期望更多的个性化的节目;同时,新型网络媒体显然已经远远走在电视媒体之前,其庞大的网络资源、实时的新闻效果及点播式的自助娱乐方式,成为彰显个性化、满足特定需求的重要基础资源。电视媒体传统的经营方式面临着新型网络媒体的冲击。

　　3. 社会因素。中国人有着强烈的家庭观念,而电视是聚集家庭成员的最佳工具。当老老少少难得齐聚一堂时,新闻电视节目的吸引力有限,娱乐性节目才是家庭媒体所关注的重点;高节奏、网络化的生活在不断吞噬着城市人群时间的同时,越来越多的农村家庭在辛苦劳作之余聚集到新买的电视机前,通过电视了解世界,而国内 70% 的农村人口是电视媒体的潜力市场,他们的需求将在一定程度上左右电视台的运营策略;在消费者的消费习惯顽固作用之下,央视牢牢占据着国内新闻的头把交椅,留给地方电台的只能是差异化的竞争方式,"娱乐"成为差异化最主要的工具。

　　4. 技术因素。技术的不断进步,造就了互联网,并催生了现今的新媒体时代,传统的电视节目受到新技术的不断挑战。但新技术同样也赋予电视节目以新生,IPTV、数字电视等技术的产生在一定程度上消除了被动的接收方式。与此同时,技术的进步实现了各媒体间的相互支持,造就了新型的综合媒体时代,并创造了前所未有的市场价值。电视媒体作为其中的核心媒体之一,有着显著的价值空间。

　　二、湖南卫视的营销策略

　　根据上述分析,湖南卫视在全国所有电视媒体中率先对自身品牌进行了清晰的定位——"打造中国最具活力的电视娱乐品牌"。围绕这一定位,湖南卫视构建了整合营销模式。

　　第一,要求广告部、总编室、覆盖办、节目部四大部门密切合作、相互配合,从根本上改变过去广告部单一运作的传统营销模式。

第二,与各地方电视台合作,比如超级女声在海选阶段与广州、长沙、郑州、成都、杭州等电视台合作,设立五个赛区进行选拔赛。

第三,充分利用网络、短信等现代传播手段,通过网络互动、短信互动将全国各地的歌迷聚集到一起,在歌迷极力推销歌手的同时,超级女声的影响力也随之扩大。

第四,对赞助商的资源进行整合,在赞助商传播其品牌的同时,扩大超级女声的影响力。与蒙牛合作,拉开"2005快乐中国蒙牛酸酸乳超级女声"大幕。蒙牛不仅冠名湖南卫视"2005超级女声年度大选"活动,而且选用2004年超级女声季军作为代言人,所有的广告与推广全部与超级女声密切结合。这种将企业的一个产品完全与电视台举办的活动捆绑在一起的做法,是一个十分大胆的举动。

资料来源:胡春. 市场营销案例评析. 北京:清华大学出版社,2008。

分析题:

1. 湖南卫视所面临的是什么样的市场环境?

2. 湖南卫视是如何有针对性地开展营销活动的?

◆ **案例 3-2**

可口可乐:法兰西背水一战

第二次世界大战以后,可口可乐公司决定拓展法国业务,并打算在马赛建立生产浓缩液的新厂。为此,公司同当地企业界签订了装瓶特许权协议,并拨出大笔广告费,计划在几年内使每一位法国人每年享用6瓶可口可乐。然而,这项计划在一开始就受到来自各方面的阻力。法共的《人道报》指责这一计划是对法国的经济侵略,它将导致法国的"可口可乐化",并可能导致法国国际收支的严重失衡;法国饮料业界,如葡萄酒、果汁、矿泉水、啤酒等饮料行业因担心可口可乐会威胁他们的利润而纷纷指责可口可乐危害公众健康和国内工业发展;政府内部对可口可乐公司的市场推广计划也存在着反对意见,法国海关、农业部和卫生部都指责可口可乐含有人工加入的过量咖啡因,对人体健康有害。财政部则借口这一计划可能会给法美贸易收支问题带来灾难而禁止可口可乐在法国经营。在各种力量的压迫下,法国政府于1950年2月拒绝了可口可乐出口有限公司借道摩洛哥运送一批浓缩液去法国的申请。

面对"整体上反美"的法国人,可口可乐公司并没有退缩,而是经过周密细致的分析,重新制订了开拓法国市场的计划:即一方面继续实施在产品策略、价格策略、渠道策略和促销策略等方面的各项计划;另一方面,它们决定把公共关系策略和国家政治权力运用到这次开拓国际市场活动中来,对这种"整体上反美"的情绪给予有力的回击。

　　首先,可口可乐公司积极在法国开展公关活动,争取各有关方面的理解和支持。它们雇佣了大量的当地法律和科学专家,利用他们在法国政界,尤其是在总统办公室和公共卫生机关的各种关系,将自己的主要观点以备忘录的形式递交给有关部门和议会议员,以求得他们的理解和支持。备忘录强调:可口可乐公司在 76 个国家享有自由销售权,调查证实,可口可乐符合健康法规,其广告活动既非夸大其辞,又无挑衅意味,饮料产销均由法国人掌握,可口可乐不会影响传统的饮料市场。同时,公司总裁法利还拜访了法国驻美大使,进行游说活动,要求法国外交部劝说财政部和内阁取消对可口可乐的禁令。

　　其次,可口可乐公司还在美国国内开展各种公共关系活动,以取得美国公众和舆论的支持。它们对报界说:"可口可乐并没有伤害美国士兵的健康,而正是这些美国士兵把法国从纳粹统治之下解放了出来。"它们还抱怨法国人对美国的援助并没有多少感激之情。美国报界对此事大加渲染,有的要求禁止法国葡萄酒在美国的销售以示报复;还有的甚至把这一事件看做是冷战和全球意识形态斗争的一部分,它们说:"那些晦涩难懂的革命道理也许会通过一瓶伏特加或者一杯白兰地得以传播,但你绝对想象不出两个靠在饮料柜前喝可口可乐的人会举杯祝愿他们的资本家垮台。"在可口可乐公司的鼓动和美国新闻界的渲染下,可口可乐事件引起了美国公众的极大不满,许多美国公民要求取消对法国的经济援助。这样,法国驻美大使提醒巴黎,可口可乐事件将被看做是敌视美国的象征,会威胁到对法国的援助。

　　最后,可口可乐公司采取措施在美国政界进行活动,争取获得美国政府的支持。它们终于成功地敦促美国国务院出面干预。美国驻法大使告知皮杜尔总理,反对法国政府对美国产品采取无理的歧视行为,并就法国海关阻挠可口可乐浓缩液进口一事表示抗议。

　　在可口可乐公司的不懈努力下,法国政府于 1954 年 4 月悄悄地取消了从摩洛哥运输浓缩液的禁令。可口可乐公司取得了全面胜利,成功地打开了法国市场的大门。

　　资料来源:潘成云.可口可乐:法兰西背水一战.销售与市场,1996:11

分析题:

1. 该案例说明了营销环境具有什么特点?

2. 可口可乐公司采取了哪些策略?

体验训练

◆ **实训一**

近些年来,我国北方绝大部分地区都受到了沙尘暴的影响,一时间天昏地暗,尘土飞扬。2008年9月8日,沙尘暴突袭了敦煌、瓜州和玉门,风沙最大时,局部地区能见度不足400米,气温突降10℃左右。沙尘暴属于自然环境因素。试分析它有哪些特征?

◆ **实训二**

调查所在城市房地产市场的宏观环境和微观环境,并分析预测未来一年所在区域市场房地产市场的发展趋势是什么?

第四章 消费者市场购买行为

模块一 知 识 训 练

一、辨别是非

1. 首要群体一般都是非正式组织,但与消费者直接或经常接触。　　　　　　　(　)
2. 宗教、民族、种族、地理区域、收入等都会形成不同的亚文化群体。　　　(　)
3. 体育明星是向往群体。　　　　　　　　　　　　　　　　　　　　　　(　)
4. 在马斯洛的需要层次论中,只有低层次的需要满足后较高层次的需要才会出现并要求得到满足。　　　　　　　　　　　　　　　　　　　　　　　　　　　　　(　)
5. 人的购买行为是文化、社会、个人和心理等诸多因素相互影响和作用的结果。(　)
6. 购买名牌是一种自豪心理。　　　　　　　　　　　　　　　　　　　　　(　)

二、单项选择题

1. 按照马斯洛的需要层次论,最高层次的需要是_____。
   A. 生理需要　　　　　　B. 安全需要　　　　　　C. 自我实现需要　　　　D. 社会需要
2. 下列影响营销者行为的因素中,属于社会因素的是_____。
   A. 宗教　　　　　　　　B. 教育　　　　　　　　C. 参照群体　　　　　　D. 生活方式
3. 品牌差异程度小、价格低廉、经常购买、消费者不花时间的简单消费者购买行为类型是_____。
   A. 习惯型购买行为　　B. 变换型购买行为　　C. 协调型购买行为　　　D. 复杂型购买行为
4. 宗教组织属于_____。
   A. 首要群体　　　　　　B. 次要群体　　　　　　C. 向往群体　　　　　　D. 厌恶群体
5. 家庭成员、亲戚朋友、同事、邻居属于_____。
   A. 首要群体　　　　　　B. 次要群体　　　　　　C. 向往群体　　　　　　D. 厌恶群体
6. _____是由于经验而引起的个人行为过程。
   A. 信念　　　　　　　　B. 感觉　　　　　　　　C. 学习　　　　　　　　D. 动机
7. 消费者_____在购买中常常表现为购买名贵商品、紧俏商品和时髦商品。
   A. 炫耀心理　　　　　　B. 占有心理　　　　　　C. 享受心理　　　　　　D. 自豪心理
8. 消费者_____在购买中常常表现为群体聚集购买,消费者争相购买某一商品,购买行为具有无目的性、偶发性、冲动性的特点。
   A. 实惠心理　　　　　　B. 占有心理　　　　　　C. 保值心理　　　　　　D. 从众心理
9. 消费者对某品牌优劣程度的总的看法是_____。
   A. 产品属性　　　　　　B. 评价模型　　　　　　C. 品牌信念　　　　　　D. 效用函数

10. 购买者对其购买活动的满意感(S)是其产品期望(E)和该产品可觉察性能(P)的函数,若 $E>P$,则消费者会感到_____。

    A. 很不满意   B. 不满意   C. 满意   D. 非常满意

三、多项选择题(下列各小题中正确的答案不少于两个,请准确选出全部正确答案。)

1. 影响消费者购买行为的主要因素有_____。

    A. 文化因素   B. 社会因素   C. 个人因素

    D. 心理因素   E. 环境因素

2. 消费者购买行为会受_____心理因素影响。

    A. 动机   B. 知觉   C. 学习

    D. 信念   E. 态度

3. 参照群体的影响力取决于_____。

    A. 产品   B. 品牌   C. 质量

    D. 信誉   E. 产品生命周期

4. 消费者态度包括_____。

    A. 品牌信念   B. 品牌学习   C. 评估品牌

    D. 知觉保留   E. 购买意向

5. 消费者的信息来源主要有_____。

    A. 个人来源   B. 商业来源   C. 公共来源

    D. 政府来源   E. 经验来源

四、简答题

1. 消费者购买行为有哪些类型?

2. 参照群体有哪些类型?

3. 影响消费者购买决策的过程包括哪几个阶段?

4. 人们在购买决策中可能扮演哪些不同的角色?

5. 简述马斯洛需求层次论的内容。

五、概念描述

1. 消费者市场 2. 参照群体 3. 动机 4. 知觉

模块二 能力训练

案例分析

◆ **案例4-1**

解读80后消费

    CASON 是一名广告公司的年轻设计师,刚刚买了一部蓝色的索尼爱立信手机。可是三个月后,同事就发现 CASON 的手机变成了红色,手机音乐的铃声从《两只蝴蝶》变成了《童话》。大家都以为 CASON 换了一部新手机,但实际上 CASON 只是换了手机外壳、待机画面和铃声,而这

20

些细节的改变,就使他获得一部新手机的感觉。

手机可以更换外壳,MP3 随身听可以改变背景颜色,家具可以自由组合,相比以往许多产品的设计变得更加灵活多变。80 后消费群对于产品新鲜感追求的倾向性比其他年代消费群更为明显,在这种心理趋势驱动下,许多产品本身的核心功能反倒成了次要的因素,而一些额外的附加功能却完全可以成为他们决定购买的关键。对于他们来说,手机不再是通信的工具,而是一种时尚的炫耀品,佩戴某款价格昂贵的手表更不是为了看时间,而是为了得到某个群体认可或者获得一种时尚的标签。"好好时尚,天天向上",这一生活准则不仅反映了 80 后消费群的突出心理特征,更成为许多企业制定营销策略时的关键考虑因素。

80 后消费群体对于某个品牌、时尚的追求,对于产品品牌精神与消费感受的注重,使得许多企业必须对产品赋予新的定义。在产品使用功能的基础上,要想赢得这一代年轻消费者的青睐,就必须为产品注入一种容易打动他们的品牌精神。比如动感地带用周杰伦的"酷"来表现"我的地盘听我的"这一理念,百事可乐用 F4 等明星的"时尚"来演绎"年轻一代的选择"的品牌内涵。

80 后作为一个正在不断崛起的消费群体,他们的消费权利、消费意识、消费话语正在深刻影响着许多企业的市场策略。如何深刻地解读他们的消费心理,把握时代潮流的发展趋势,对于任何一家企业抢占未来市场都具有非常重要的意义。

资料来源:林景新. 解读 80 后消费密码. 销售与管理,2006(5):43 – 45。

分析题:

1. 你认为 80 后有哪些消费特点?

2. 影响 80 后购买行为的因素主要有哪些?

◆ **案例 4 - 2**

杭州狗不理包子店为何无人理

杭州"狗不理"包子店是天津狗不理集团在杭州开设的一家分店,地处商业黄金地段。正宗的狗不理以其鲜明的特色(薄皮、水馅、滋味鲜美、咬一口汁水横流)而誉满神州。当杭州南方大酒店正创下日销包子万余个的纪录时,杭州的"狗不理"包子店却将楼下三分之一的营业面积租让给服装公司,依然"门前冷落车马稀"。

当"狗不理"一再强调其鲜明的产品特色时,却忽视了消费者是否接受这一特色,那么受挫于杭州也就成为必然了。

首先,"狗不理"包子馅较油腻,与杭州人口味清淡的饮食习惯并不相符。

其次,"狗不理"包子不符合杭州人的生活习惯。杭州人将包子作为便捷快餐对待,往往边走边吃,而"狗不理"包子薄皮、水馅、多汁,不能拿在手里,只能坐下来用筷子慢慢享用。

再次,"狗不理"包子馅多半含蒜一类的辛辣刺激物,这与杭州这个南方城市的口味习惯也相悖。

分析题:

1. 消费者行为的影响因素有哪些?

2. 产品设计如何适应和改变不同的消费环境?

体验训练

◆ **实训一**

需求类型探索

将下面列出的需求项目正确填写在需求金字塔中,并分析每一项满足的需求类型。

A. 向政府申请一套经济适用房　B. 参加羽毛球俱乐部　C. 买件羽绒服

D. 去歌厅唱歌　E. 生病了到医院就医　F. 找一份工作　G. 去拉萨旅游

H. 每周练习瑜伽　I. 购买一辆法拉利跑车　J. 写一本小说　K. 参加婚礼

L. 为自己买一份保险　M. 投资退休计划　N. 夏天购置一部空调

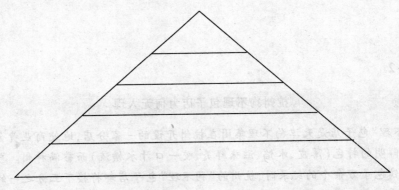

消费者购买不同产品反映了不同的消费心理,下面列举的消费行为,分别满足了消费者哪方面的心理,并分析生产这些产品的企业是如何进行营销的(表4-1)?

表4-1 消费行为分析

消费行为列举	满足消费者心理类型	企业营销做法
购买打折商品		
中小学生课外辅导		
购买名车		
集邮		
去"知青之家"就餐		
消费高档化妆品		
投资黄金		
到东北买人参鹿茸产品		

第五章 组织市场购买行为

模块一 知 识 训 练

一、辨别是非

1. 产业市场购买者数量多,而购买量较大。 （　）
2. 产业市场需求缺乏弹性。 （　）
3. 供货条件决策是指确定所经销产品的花色品种,即中间商的产品组合。 （　）
4. 政府市场的购买决策要受到许多大众团体及公民的监督。 （　）
5. 在政府采购中,经公告或者邀请未到三家以上符合投标资格的供应商参加投标,可以不实行招标。 （　）
6. 产业购买者常直接从生产厂商那里购买产品,而不是经过中间商环节。 （　）

二、单项选择题

1. 采购者首次购买某一产品或服务时的情况属于_____。
   A. 直接再采购　　　　　B. 修正再采购　　　　　C. 全新采购　　　　　D. 招标采购
2. _____指影响购买决策的人,他们常协助确定产品规格,并提供方案评价的情报信息。
   A. 发起者　　　　　　　B. 使用者　　　　　　　C. 影响者
   D. 决定者　　　　　　　E. 控制者
3. 集成电路块、仪表、仪器等属于_____。
   A. 物料　　　　　　　　B. 零配件　　　　　　　C. 半成品　　　　　　　D. 辅助设备

三、多项选择题 (下列各小题中正确的答案不少于两个,请准确选出全部正确答案。)

1. 对组织市场进行研究,其核心内容就是分析_____的购买行为。
   A. 生产者　　　　　　　B. 消费者　　　　　　　C. 中间商　　　　　　　D. 政府
2. 产业购买的决策类型包括_____。
   A. 直接再采购　　　　　B. 修正再采购　　　　　C. 全新采购　　　　　D. 招标采购
3. 影响产业采购人员的主要因素有_____。
   A. 环境　　　　　　　　B. 组织　　　　　　　　C. 人际　　　　　　　　D. 个人
4. 中间商市场购买决策的内容包括_____。
   A. 配货决策　　　　　　B. 供应商组合决策　　　C. 供货条件决策　　　　D. 新产品购买决策
5. 政府采购的基本原则有_____。
   A. 公开、公平、公正和效益原则　　　　　　　　B. 自律原则
   C. 节约原则　　　　　　　　　　　　　　　　　D. 计划原则

四、简答题

1. 简述产业市场的特征。

2. 简述中间商市场的特征。

3. 简述政府市场购买行为有哪些特点？

4. 简述产业市场购买决策过程。

五、概念描述

1. 组织市场　2. 产业市场　3. 中间商市场　4. 政府市场

模块二　能力训练

案例分析

◆ 案例 5-1

北京现代，挺进政府用车及出租车市场

作为一种流行的汽车消费模式，汽车批量采购多年来被政府机关、出租车采购、大型企业等所采用，以前批量采购的品牌仅局限于红旗、奥迪、桑塔纳等品牌，但现在北京现代的索纳塔等中高档型轿车不但在家庭购车领域风光无限，在批量采购领域也受到政府部门和出租行业的热捧，在国内市场中的竞争地位日益提升，市场份额逐步扩大。

政府公务车虽不局限于某个品牌，但也有着一些严格的限制和具体的规定。相关部门统计表明，价格在 25 万元以内、排量在 2.0 左右的中档轿车占政府采购车辆总数的 95% 以上。不仅如此，政府用车在性能、外观、内饰、安全等方面的要求也十分严格。一直以来，在公务车市场中，奥迪、红旗等中高档 2.0 升轿车都有良好的表现。要从政府采购这一市场分一杯羹也不容易。

北京现代自其成立之初，就根据中国的市场情况，结合韩国现代"产品技术全球同步"的产品策略，推出了全球畅销的成功车型——索纳塔。这种车型是在韩国现代索纳塔第六代基础上改造而来的，是目前世界流行的车型之一，相对一些欧美品牌把本土将淘汰的车型引入中国市场的做法，北京现代可谓把韩国车的精髓奉献给了中国消费者。同时，更从消费者实际需求出发，结合中国实际路况等具体情况，对引进产品进行改进、完善工艺、提高品质、强化服务，努力创造精品和用户满意的品牌价值，而绝不是照抄照搬，或者追大求全，投放多种品牌的车型。在外观上，其独特超前的边缘设计，巧妙地融合了多种鲜明的设计元素，赋予索纳塔一种稳重、大气的感觉，体现公务用车身份者的尊贵，同时也代表了充满创新精神、与时俱进的新时代的政府和企业形象；在内饰上，索纳塔精雕细刻每一个细节，满足显赫和华贵的渴望；在空间上，依据唯美主义和人体工程学原理，给驾乘者提供一个舒适的空间，后备箱容积 398 升的超大容量足以傲视同行；在要求苛刻的制动技术和安全方面，索纳塔更是非同凡响，如前后部内置防撞区，加固了顶、底、门、内外侧的防撞杠等，更侧重对驾乘者全方位的安全保护。这些极具人性化的设计，完全满足了政府公务用车的需求。

与此同时，北京现代利用身处北京的优势，利用关系营销、体育营销等方式，积极同政府工作单位联系公关，并积极参与中国的各项公益事业。投巨资赞助了北京国安足球俱乐部，成立了北京现代足球队，赞助女足世界杯、中超联赛、"迷你"足球世界杯、亚洲杯足球锦标赛，投资与相关部门联合主办了"携手北京现代，共创绿色未来——2004 北京现代大学生绿色环保夏令营"活动

等,进一步提升了北京现代的品牌知名度与美誉度。这些活动也得到了回报,早在2002年12月新车投产之际,政府采购就开始看好北京现代索纳塔。当时共接受订单5 000多份,其中首批交付的政府采购约700辆,此后有部分政府机关的采购计划因为索纳塔的缺货而一度搁浅;2003年1月,河北省公安交通管理局采购索纳塔手动挡轿车16辆;2003年7月,索纳塔仅在四川绵阳市政府采购中就一举中标20辆⋯⋯此外,在要求严格的公安领域索纳塔也表现出色。北京现代索纳塔中标了2003年北京市公安局等警用车采购项目。2004年5月,在北京—新疆红云杯中国警察越野追击技术演练赛活动中,北京现代的5部索纳塔轿车为参赛车辆担当开道和新闻采访车,与参赛的近80部越野车辆共同经历了13 000多公里的考验,再次印证了这款车型作为首都警用车主力的优秀品质,也因此引起了全国公安系统多家单位的广泛关注。据有关资料显示,北京市政府用车中索纳塔数量已达2 000多辆。今年又有河北、安徽等一些地方政府把汽车采购目标锁定在索纳塔轿车身上,汽车采购招标邀请书不断投向北京现代。经过近两年时间的考验,索纳塔轿车凭借强劲的动力、良好的加速性能以及舒适的驾乘感受,受到了公务人员和公安干警的广泛赞誉,塑造了北京现代品牌在政府采购领域的良好形象。

资料来源:http://wiki.mbalib.com/wiki/.

分析题:

1. 政府采购公务车与普通消费者购买私家车的需求有什么不同?

2. 供应商如何能够吸引政府市场购买者?

◆ **案例 5 – 2**

戴尔怎样采购

戴尔采购工作最主要的任务是寻找合适的供应商,并保证产品的产量、品质及价格方面在满足订单时,有利于戴尔公司。采购经理的位置很重要。戴尔的采购部门有很多职位设计是做采购计划、预测采购需求,联络潜在的符合戴尔需要的供应商。因此,采购部门安排了较多的人。采购计划职位的作用是什么呢?就是尽量把问题在前端就解决。戴尔采购部门的主要工作是管理和整合零配件供应商,而不是把自己变成零配件的专家。戴尔有一些采购人员在做预测,确保需求与供应的平衡,在所有的问题从前端完成之后,戴尔在工厂这一阶段很少有供应问题,只是按照订单计划生产高质量的产品就可以了。所以,戴尔通过完整的结构设置,来实现高效率的采购,完成用低库存来满足供应的连续性。戴尔认为,低库存并不等于供应会有问题,但它确实意味着运作的效率必须提高。

精确预测是保持较低库存水平的关键,既要保证充分的供应,又不能使库存太多,这在戴尔内部被称之为没有剩余的货底。在IT行业,技术日新月异,产品更新换代非常快,厂商最基本的要求是要保证精确的产品过渡，不能有剩余的货底留下来。戴尔要求采购部门做好精确预测，并把采购预测上升为购买层次进行考核，这是一个比较困难的事情，但必须精细化，必须落实。

"戴尔公司可以给你提供精确的订货信息、正确的订货信息及稳定的订单，"一位戴尔客户经理说，"条件是，你必须改变观念，要按戴尔的需求送货；要按订货量决定你的库存量；要用批量小，但频率高的方式送货；要能够做到随要随送，这样你和戴尔才有合作的基础。"事实上，在部件供应方面，戴尔利用自己的强势地位，通过互联网与全球各地优秀供应商保持着紧密的联系。这种"虚拟整合"的关系使供应商们可以从网上获取戴尔对零部件的需求信息，戴尔也能实时了解合作伙伴的供货和报价信息，并对生产进行调整，从而最大限度地实现供需平衡。

给戴尔做配套，或者作为戴尔零部件的供应商，都要接受戴尔的严格考核。

戴尔的考核要点如下：

其一，供应商计分卡。在卡片上明确订出标准，如瑕疵率、市场表现、生产线表现、运送表现以及做生意的容易度，戴尔要的是结果和表现，并据此进行打分。

其二，综合评估。戴尔经常会评估供应商的成本、运输、科技含量、库存周转速度、对戴尔的全球支持度以及网络的利用状况等。

其三，适应性指标。戴尔要求供应商应支持自己所有的重要目标，主要是策略和战略方面的。戴尔通过确定量化指标，让供应商了解自己的期望；戴尔给供应商提供定期的进度报告，让供应商了解自己的表现。

其四，品质管理指标。戴尔对供应商有品质方面的综合考核，要求供应商应"屡创品质、效率、物流、优质的新高。"

其五，每三天出一个计划。戴尔的库存之所以比较少，主要在于其执行了强有力的规划措施，每3天出一个计划，这就保证了戴尔对市场反应的速度和准确度。供应链管理第一个动作是做什么呢？就是做计划。预测是龙头，企业的销售计划决定利润计划和库存计划，俗话说，龙头变龙尾跟着变。这也就是所谓的"长鞭效应"。

迈克尔说过，供应商迟一点，意味着太迟了。这说明了戴尔对供应商供货准确、准时的考核非常严格。为了达到戴尔的送货标准，大多数供应商每天要向戴尔工厂送几次货。漏送一次就会让这个工厂停工。因此，如果供应商感到疲倦和迷茫，半途而废，其后果是戴尔无法承受的，任何供应商打个嗝就可能使戴尔的供应链体系遭受重创。然而，戴尔的强势订单凝聚能力又使任何与之合作的供应商尽一切可能按规定的要求来送货，按需求变化的策略来调整自己的生产。

在物料库存方面，戴尔比较理想的情况是维持4天的库存水平，这是业界最低的库存纪录。戴尔是如何实现库存管理运作效率的呢？

第一，拥有直接模式的信用优势，合作的供应商相信戴尔的实力；

第二，具有强大的订单凝聚能力，大订单可以驱使供应商按照戴尔的要求去主动保障供应；

第三，供应商在戴尔工厂附近租赁或者自建仓库，能够确保及时送货。

戴尔可以形成相对于对手9个星期的库存领先优势，并使之转化为成本领先优势。在IT行业，技术日新月异，原材料的成本和价值在每个星期都是下降的。根据过去5年的历史平均值计算，每个星期原材料成本下降的幅度在0.3%~0.9%之间。如果取一个中间值0.6%，然后乘上9个星期的库存优势，戴尔就可以得到一个特殊的结构，可以得到5.4%的优势，这就是戴尔运作效率的来源。

戴尔很重视与供应商建立密切的关系。"必须与供应商无私地分享公司的策略和目标,"迈克尔说。通过结盟打造与供应商的合作关系,也是戴尔公司非常重视的基本方面。在每个季度,戴尔总要对供应商进行一次标准的评估。事实上,戴尔让供应商降低库存,他们彼此之间的忠诚度很高。从2001年到2004年,戴尔遍及全球的400多家供应商名单里,最大的供应商只变动了两三家。

戴尔也存在供应商管理问题,并已练就出良好的供应链管理沟通技巧,在有问题出现时,可以迅速地化解。当客户需求增长时,戴尔会向长期合作的供应商确认对方是否可能增加下一次发货数量。如果问题涉及硬盘之类的通用部件,而签约供应商难以解决,就转而与后备供应商商量,所有的一切,都会在几个小时内完成。一旦穷尽了所有供应渠道也依然无法解决问题,那么就要与销售和营销人员进行磋商,立即回复客户,这样的需求无法满足。

资料来源:http://wiki.mbalib.com/wiki/.

分析题:

1. 试分析戴尔采购决策过程。

2. 供应商应该如何与产业市场购买者保持密切的关系?

体验训练

◆ **实训一**

假设你是一家橡胶软管工业销售商的销售工作小组的负责人,下一周你将被安排同通用汽车公司的采购部门会面。你已发现该采购部门成员表现出来的以下个性和行为特征(见表5-1):

表5-1 采购部门成员特征

丹·比文斯	贝尔·史密斯	卡西·琼斯	菲尔·哈泽德
吹毛求疵	顽固	支持	热情
挑剔	威严	尊敬	自负
严肃	有能力	可信赖	野心勃勃
守秩序	果断	亲切	易激动
严厉	实际	可协商	引人注目
百折不挠	有进取精神	柔顺	不受约束

准备一个销售战略,以应对该采购部门的每个成员。

◆ 实训二

全班同学分小组,每组 4~5 人,每个同学针对小组内其他成员制定并实施一项增进彼此人际关系的方案,分析自身欠缺的人际交往能力,提出改进方案(表 5-2)。

表 5-2 人际交往能力

姓　　名	方 案 内 容	实施效果	自身欠缺的人际交往能力	改 进 方 案
成员 1				
成员 2				
成员 3				
成员 4				
成员 5				

第六章　市场营销调研和市场预测

模块一　知识训练

一、辨别是非
1. 市场调研系统是在营销决策中需要某些特定信息时发挥作用的子系统。（　）
2. 描述性研究的主要任务是说明市场状况"为什么"。（　）
3. 企业一般都不采用抽样调查而采用普遍调查的方式来收集资料。（　）
4. 由于企业的资源有限,调研人员应尽可能地优先利用二手资料。（　）
5. 电话访问的主要缺点是费用较高。（　）

二、单项选择题
1. _____的主要工作任务是向管理人员提供有关销售、成本、存货、现金流程、应收账款等各种反映企业经营现状的信息。
   A. 内部报告系统　　　　　　　　　　B. 市场营销情报系统
   C. 市场营销决策支持系统　　　　　　D. 营销调研系统
2. 营销环境调研是属于_____阶段的调研内容。
   A. 营销机会的分析　B. 营销活动的规划　C. 营销活动的控制　D. 营销活动的实施
3. _____是指企业对发生的问题缺少认识和了解,为弄清问题的性质、范围、原因而进行的初始调研。
   A. 探测性研究　　B. 描述性研究　　C. 因果性研究　　D. 预测性研究
4. 若要调查消费者的态度,宜采用_____为好。
   A. 个人访问　　　B. 邮寄调查　　　C. 观察法　　　D. 实验法
5. 一个焦点小组一般包括_____人。
   A. 6~8　　　　　B. 8~12　　　　　C. 15~20　　　　D. 20~30
6. 以下不属于随机抽样方式的是_____。
   A. 乱数表法　　　B. 抽签法　　　　C. 分层抽样　　　D. 任意抽样

三、多项选择题(下列各小题中正确的答案不少于两个,请准确选出全部正确答案。)
1. 市场营销信息系统中的_____主要致力于对公司内部及外部日常营销信息的收集和处理。
   A. 内部报告系统　　　　　　　　　　B. 市场营销情报系统
   C. 市场营销决策支持系统　　　　　　D. 营销调研系统
2. 调研方案的主要内容包括_____。
   A. 调研背景　　B. 调研方法　　C. 调研结论　　D. 调研日程和预算
3. 收集原始资料的常用方法主要有_____。

A. 案头调研法　　　　B. 询问调研法　　　C. 实验调研法　　　D. 观察法
4. 根据调查双方接触方式的不同,访问法可分为_____。
　A. 人员访问　　　　B. 电话调查　　　　C. 邮寄调查　　　　D. 网上调查
5. 以下属于定量预测方法的是_____。
　A. 购买者意向调查法　　　　　　　　　B. 专家意见法
　C. 时间序列分析预测法　　　　　　　　D. 因果分析预测法

四、简答题

1. 简述一个理想的市场营销信息系统一般应具备哪些特点?
2. 简述企业营销信息系统的构建方法。
3. 简述市场调研的基本程序。
4. 简述人员访问的主要优点。
5. 简述网上调查的优点和缺点。
6. 简述市场预测的步骤。

五、概念描述

1. 营销信息系统　2. 市场调研　3. 原始资料　4. 二手资料　5. 调查法　6. 观察法　7. 市场预测

模块二　能 力 训 练

案例分析

◆ **案例 6-1**

九芝堂的营销管理信息系统

　　湖南九芝堂股份有限公司是国家重点中药企业,深交所上市公司。其主要发起人长沙九芝堂集团有限公司的前身"九芝堂药铺"创建于 1650 年,是中国著名老字号。

　　多年来,公司的经济效益取得了显著的增长,连续多年被评为"全国医药工业企业经济效益百强"和"湖南省工业企业经济效益百强",综合经济实力在湖南省医药行业排名第一,并已跻身于全国中药行业十强之列。质量是企业的生存之本,公司在生产和经营中严格按 GMP、GSP 要求完善自身的软件、硬件建设。1999 年 11 月,公司九芝堂制药厂成为全省首家通过 GMP 认证验收的企业。2001 年 5 月,公司零售连锁公司也通过了 GSP 认证验收。在五年一次的药品生产、经营企业换证验收中,公司也均以高分顺利通过换证验收工作,下属药材分公司中药饮片厂更是成为全省中药饮片样板企业。同时公司被国家药品监督管理局批准为具有全国药品跨省连锁经营资格的试点企业之一。

一、系统情况

　　九芝堂营销管理信息系统囊括了业务管理、仓库管理、账务管理、客户管理、领导查询、费用管理、计划管理、系统管理等八大子系统,基本涵盖了营销业务领域的方方面面。实现了以事务为基础,以客户为中心,确保账账相符,账实一致的营销管理指导思想。

业务管理:以对发货单、发票、结算单、往来凭证的流水线式管理为基础,以客户、产品、仓库、业务员、销售机构、销售区域六大要素的组合报表为延伸,以应收账款管理为核心是三者的有机构成。

仓库管理:仓库管理的基本事务是各仓库的单据管理,同时通过发货、收料与业务方面紧密相连,通过入库、领料、残损与账务连成一体。

账务管理:账务管理是业务和仓库管理流程的审结者,它调入业务和仓库基本数据来产生产成品账、销售账和销售利润账,还要通过与业务方面的对账来发现和规范业务管理。

客户管理:在建立全面标准化的客户档案的基础上,保证了客户作为最重要业务资源的有效性、可管理性和可指导性、制约业务的特性。

领导查询:可以调取领导最为关心的营销信息对比和排比表,实时清晰地了解业务进展情况。

费用管理:按照品牌、业务员和科目将各项费用细分,同时也与业务的实际发生情况进行了挂钩。

计划管理:从计划和综合报表(台账等)两个角度,在综合采集业务数据的基础上自动生成。

系统管理:有两大特色,一在于按岗定职责,二在于可以从数据安全的角度将整套营销系统透明一致地开放给业务员、分(子)公司经理等具有不同数据访问权限的人员使用。

二、系统业务、技术特色

营销管理信息系统的特点之一在于它充分体现了二八定律,通过周密细致的客户分析可以使业务会计将注意力集中在20%能带来80%效益的客户上,从而对业务进行指导和监督、审核。

特点之二在于通过实时的库存管理,可以有效地对库存进行控制,从而减少库存损失,减少不合理的库存占用资金,盘活和提高资金的周转率。

特点之三在于进销存财的一体化,数据的透明性和一致性将确保各部门对账的顺畅,减少错误和摩擦,提高工作效率。

特点之四在于通过数据的安全性控制可以将过于集中的营销管理职能适当地分离出去,从而减少内勤部工作压力,提高内勤部的综合战斗力。

特点之五在于通过各类报表(尤其是综合报表和账龄分析表),可以有效地发挥营销中心的指导和监督、审核职能,将一些更严格的管理规则应用到业务实践中去,通过管理产生效益。例如,通过应收账龄和结算账龄分析来控制对客户发货和开票工作等。

纵观国内医药行业,公司的营销模式是先进而成功的,所以基于这套营销模式的营销管理系统也承继了此特性:严格的客户管理机制,严密的安全体系结构,方便快捷的操作方式,丰富实用的统计报表,进、销、存、财一体化的流程控制。

三、应用情况实例

1. 工作效率对比。系统在发货单、发票、结算单等单据登账时速度比原系统提高30多倍(原系统单据登账时,每笔单据登账时间是1分钟,而新系统是1秒多钟),系统在查询、数据分析时的速度远比原系统高,配合多达400多个实用报表的使用,因此营销中心在每月结算时所用的时间比原来减少了一半多(在数据量比原先多1/3的情况下)。

2. 安全、稳定性对比分析。系统由于在系统设计、数据库方面的先天优势,绝对不会在进行单据处理、登账时丢失数据,而原系统则不能保证数据的稳定性,经常发生莫名其妙丢失数据的情况。从一年多的应用情况来看,新系统没有发生一例此情况(从理论上来说也不可能发生此情况)。同时,系统安全特性(按岗定职责、数据权限可分配性)使整个系统在安全方面有了很大的提高。

3. 数据对账分析。业务系统中增加了对账功能,账务系统中增加了客户对账、产品对账功能,它能使业务、财务、仓库迅速、准确对账,将财务部对账的时间减少一半。

4. 业务监督、审核对比分析。系统中有客户管理和对客户的应收账款、结算的分析处理功能,在系统中能通过对客户、业务员应收账款指标的设定,使业务管理部门大大提高对业务员、客户的业务监督、审核的职能,如:营销部门在使用此系统后,使原先3 671个客户集中到865个客户进行管理,充分地体现了经营的"二八"原则,减少了此方面所带来的呆账、烂账等问题。

5. 实时的仓库管理。在仓库管理中,系统采用了电话拨号的方式,当仓库每进出一批货物时,都及时通过电话拨号与总部进行通信,数据交流、处理业务,使仓库库存能得到及时、真实的反映,使营销管理人员能对库存进行有效控制。

资料来源:http://www.scopen.net/file_post/display/read. php? FileID =56882。

分析题:

1. 鉴于我国已经开发营销信息系统并投入使用的企业并不是很多,你认为九芝堂的营销管理信息系统能够发挥作用的前提条件是什么?

2. 营销管理信息系统与普通的管理信息系统有何区别?

◆ **案例 6 – 2**

YY 食品集团公司广告效果电话调查

YY 食品集团公司系外商投资企业,YY 集团公司主要生产销售蛋黄派、薯片、休闲小食品、果汁饮料、糖果、果冻、雪饼等系列产品,目前形成具有1 000余个经销点的强大销量网络,年销售收入逾5亿元。2001 年,公司通过并全面推行 ISO 9001:2000 国际质量管理体系,将公司的管理水准推上一个新台阶。

2004 年年初,YY 集团公司的新产品"XX 派"出现在电视广告中,为了分析新产品的电视广告效果,集团公司委托一家市场研究公司进行电视广告效果的市场研究。

一、调研目的

1. 了解 YY 牌"XX 派"食品在全国主要目标市场(城市)的品牌认知度、品牌美誉度、品牌忠诚度;

2. 了解 YY 牌"XX 派"近一段时间的(电视)广告认知度;

3. 分析 YY 牌"XX 派"的广告效果,包括广告认知效果、消费者的心理变化效果和唤起消费者购买效果,从而提高产品销售额;

4. 消费者媒介接触习惯与背景资料研究,为 YY 公司下一步调整广告投放策略提供参考;

5. 消费者对"XX 派"食品的消费(食用)习惯与需求研究,为调整产品的营销策略提供依据。

二、研究内容

1. 消费者对 YY 牌"XX 派"的广告认知率(接触率);

2. 消费者对 YY 牌"XX 派"的广告内容评价;

3. 消费者对"XX 派"食品的消费动机;

4. 消费者购买/食用 YY 牌"XX 派"的考虑因素及原因(动机);

5. 消费者不购买/食用 YY 牌"XX 派"的主要因素;

6. 消费者日常媒介接触习惯。

三、调查方法

电话随机访问。

四、抽样方法

将各城区电话号码的全部局号找到,按所属区域分类排列,此为样本的前三位或四位电话号码,后四位电话号码则从计算机随机抽取出来,前三位或四位电话号码跟后四位电话号码相互交叉汇编组成不同的电话号码。

例如:XX 城市的电话号码局号有 781、784、786、789……后四位电话号码库有 1976、5689、9871、0263、1254…… 则抽样出的电话号码为 7811976、7815689、7819871、7810263、7811254、7841976、7845689、7849871、7840263、7841254……以此类推。

1. 样本配额要求:在所有城市的产生样本中,要求每个城市至少产生 37.5 个样本(所有城市至少有 300 个样本)在最近 1~2 个月内接触过 YY 牌"XX 派"的电视广告。如果达不到这个样本数,必须追加样本,最终将增加总样本量。

这么做目的在于对这其中 300 个或 300 个以上接触过电视广告的消费者进行深入分析,挖掘其"广告直接与间接效果"等。

2. 样本配额控制方法:计算每个城市每个区域应做的样本量,将每类问卷的样本数按各区的人口比例进行分配,计算出每区应做的样本量。在进行电话访问的同时,记录被访者所在的区域,由负责督导进行统计并随时进行管控(因电话号码的局号是不受区域限制的,有可能同一局号跨越两个行政区),确保各区样本量的准确性。

五、调查结论

本调查项目至实地调查结束时,YY 牌"XX 派"的电视广告已连续播放两个多月,从消费者接触到广告内容,到对 YY 牌"XX 派"的了解,产生购买动机,到最终促进消费者的购买行动,每个环节都是近期两个多月以来电视广告投放产生的效果。从总体来讲,这段时间的广告活动应该是相对比较成功的,对于提高 YY 牌"XX 派"的品牌知名度、促进 YY 牌"XX 派"的销售量都起到相当大的作用。

在产品的广告宣传上,虽说前段时间的广告投放取得一定的效果,但在媒介选择上需要重新调整,每个城市以当地收视率最高的电视媒介为主,可以不考虑卫视台,多数地方的消费者收看电视以地方电视台为主,较少收看外地台。而且,从现有的调查结果看,虽说卫视台的辐射面较广,但"派"食品地域差异性较大,每个地方消费者对"派"产品的品类需求不同。

资料来源:http://www.scopen.net/file_post/display/read.php? FileID =56881。

分析题:

1. 结合案例讨论如何从调研目的归纳出具体的调研内容。

2. 电话访问应注意的细节问题有哪些?

体验训练

◆ **实训一**

欲对全校同学进行一次手机月消费额的随机抽样调查,试比较四种不同的随机抽样方法,并说明采用哪种方法比较合适(表6-1)。

表6-1 随机抽样方法比较

	单纯随机抽样	等距随机抽样	分层随机抽样	分群随机抽样
优点				
缺点				

◆ **实训二**

全班分小组,每组10~12人,选择一名同学担任主持人,采用焦点小组访谈的方式,收集大学生手机购买行为的影响因素和购买行为模式资料,并对资料采集的结果进行分析(表6-2)。

表6-2 大学生手机购买行为访谈表

	主 持 人	访谈主要内容	访谈主要结果
小组一			
小组二			
小组三			
小组四			

第七章　市场细分与目标市场选择

模块一　知 识 训 练

一、辨别是非

1. 在同类产品市场上，同一细分市场的顾客需求具有较多的共同性。　　　（　　）
2. 产品差异化营销以市场需求为导向。　　　（　　）
3. 市场细分只是一个理论抽象，不具有实践性。　　　（　　）
4. "反市场细分"就是反对市场细分。　　　（　　）
5. 市场细分标准中的有些因素相对稳定，多数则处于动态变化中。　　　（　　）
6. 细分消费者市场的标准，不适用于产业市场。　　　（　　）
7. 市场细分出的每一个细分市场，对企业市场营销都具有重要的意义。　　　（　　）
8. 同质性产品适合于采用集中性市场营销战略。　　　（　　）
9. 如果竞争对手已采用差异性营销战略，企业则应以无差异营销战略与其竞争。　　　（　　）
10. 无差异性市场营销战略完全不符合现代市场营销理论。　　　（　　）
11. 新产品在引入阶段可采用无差异性营销。　　　（　　）
12. 市场定位、产品定位和竞争性定位分别有不同的含义。　　　（　　）
13. 企业的竞争力越是体现在对顾客服务的水平上，市场差别化就越是容易实现。　　　（　　）
14. 企业采用服务差别化的市场定位战略可以不再追求技术和质量的提高。　　　（　　）
15. 企业在市场营销方面的核心能力与优势，会自动地在市场得到表现。　　　（　　）
16. 市场细分的目的是为了更好地选择目标市场和进行市场定位。　　　（　　）
17. 市场细分就是根据消费者需要将整个市场划分为若干子市场。　　　（　　）
18. 差异性营销的不足是企业的生产成本和营销费用都会增加。　　　（　　）
19. 一个具有适当规模和成长率的细分市场，也有可能缺乏盈利潜力。　　　（　　）

二、单项选择题

1. 按消费者所在国籍对市场进行细分属于_____。
   A. 地理细分　　　　B. 人口细分　　　　C. 心理细分　　　　D. 行为细分
2. 下面不属于产业市场细分标准的是_____。
   A. 生活格调　　　　B. 顾客能力　　　　C. 地理位置　　　　D. 公司规模
3. 市场细分战略产生于_____。
   A. 大量营销阶段　　　　　　　　B. 目标营销阶段
   C. 产品差异化营销阶段　　　　　D. 关系营销阶段
4. 某服装公司专业生产儿童服装，这是一种_____策略。

A. 市场集中化　　　　　B. 选择专业化　　　　　C. 产品专业化　　　　　D. 市场专业化

5. 对于成熟期的产品,企业宜采取_____。

　　A. 差异性营销策略　　　　　　　　　　　B. 无差异性营销策略

　　C. 集中性营销策略　　　　　　　　　　　D. 全面市场营销策略

6. 反细分化的理论,主张从_____比较出发适度细分市场。

　　A. 利润和市场占有率　　　　　　　　　　B. 企业自身和竞争者资源条件

　　C. 成本和收益　　　　　　　　　　　　　D. 需求的差异性和一致性

7. 在_____的情况下最适合于采用无差异性营销策略。

　　A. 顾客需求多样化,企业能批量生产　　　B. 市场需求同质,企业能批量生产

　　C. 市场需求同质,企业产品有特色　　　　D. 顾客需求多样化,企业产品有特色

8. 某服装制造商为朴素妇女、时髦妇女、有男子气的妇女等分别设计和生产妇女服装,其市场细
分的依据是_____。

　　A. 性别　　　　　　　　B. 个性　　　　　　　　C. 生活方式　　　　　　D. 追求利益

9. 差异化营销策略一般适用于_____。

　　A. 大型企业　　　　　　B. 中型企业　　　　　　C. 小型企业　　　　　　D. 任何企业

10. 市场细分的根本依据是_____。

　　A. 消费需求的共同性　B. 消费需求的差异性　C. 产品的共同性　　　　D. 产品的差异性

11. 当强大的竞争对手采用无差异性营销策略时,企业就实施_____营销策略。

　　A. 无差异性　　　　　　B. 差异性　　　　　　　C. 集中性　　　　　　　D. 差异性或集中性

12. 肯德基集中力量开拓快餐市场,占有了较大市场份额,这种目标市场营销策略的主要不足是
_____。

　　A. 细分市场范围小　　B. 潜伏的风险大　　　C. 企业资源有限　　　　D. 成本费用高

三、多项选择题(下列各小题中正确的答案不少于两个,请准确选出全部正确答案。)

1. 市场细分的原则包括_____。

　　A. 可控制性　　　　　　　　B. 可实现性　　　　　　　　C. 可区分性

　　D. 可衡量性　　　　　　　　E. 可盈利性

2. 属于产业市场细分变量的有_____。

　　A. 社会阶层　　　　　　　　B. 用户规模　　　　　　　　C. 价值观念

　　D. 地理位置　　　　　　　　E. 最终用户

3. 无差异营销战略_____。

　　A. 具有成本的经济性　　　　B. 不进行市场细分　　　　　C. 适宜于绝大多数产品

　　D. 只强调需求共性　　　　　E. 适用于小企业

4. 企业采用差异性营销战略时,_____。

　　A. 一般只适合于小企业

　　B. 要进行市场细分

　　C. 能有效提高产品的竞争力

　　D. 具有最好的市场效益保证

　　E. 以不同的营销组合针对不同的细分市场

5. 产品专业化意味着_____。

    A. 企业只生产一种产品供应给各类顾客

    B. 有助于企业形成和发展其生产和技术上的优势

    C. 可有效地分散经营风险

    D. 可有效发挥大型企业的实力优势

    E. 进行集中营销

6. 市场定位的主要方式有_____。

    A. CIS   B. POP   C. 避强定位

    D. 对抗性定位   E. 重新定位

7. 目标市场营销战略的步骤主要有_____。

    A. 市场调查   B. 市场细分   C. 目标市场选择   D. 市场定位

8. 消费者市场细分的标准主要有_____。

    A. 人口因素   B. 心理因素   C. 行为因素   D. 地理因素

9. 以下属于心理细分依据的有_____。

    A. 个性   B. 生活方式   C. 动机   D. 性别

10. 在选择目标市场策略时,需考虑的主要因素是_____。

    A. 企业的资源   B. 产品特点   C. 市场特点   D. 竞争者策略

四、简答题

1. 市场细分对企业营销的意义。

2. 如何评价细分市场?

3. 选择目标市场策略的条件有哪些?

4. 企业进行市场定位的步骤有哪些?

5. 市场定位的策略有哪些?

6. 三种目标市场策略的优缺点。

五、概念描述

1. 市场细分 2. 目标市场 3. 市场定位 4. 无差异性营销策略 5. 差异性营销策略 6. 集中性营销策略

模块二　能　力　训　练

案例分析

乳品行业的市场细分战略

    目前国内乳业同质化现象严重,各路乳业巨头的竞争日趋激烈。其实中国乳业市场已进入细分阶段,该阶段更加强调满足用户的个性化需求。只有运用"产品差异化"原则的企业才能够获得竞争优势。纵观当前乳品行业,市场细分策略体现得淋漓尽致。早餐奶、牛初乳、卡式奶、纯鲜奶等数不胜数。面对产品日趋同质化和消费者健康需求的差异化,各商家又根据消费者需求的差异化来制定不同的新产品策略,研制出不同功能的早餐奶,使早餐奶市场也提前进入细分时代。

同时,由于近年来人们生活品质的不断提高,使得人们在饮食方面的观念也发生了巨大的改变,人们不再仅仅满足于吃饱,而更讲究吃好、吃得卫生、吃得健康,这种观念的转变尤其体现在人们每天的早餐当中。而且,据了解,早餐提供的能量、营养素应占全天需要的30%以上。早餐奶产品作为早餐产品与乳品的双重角色,一直受到消费者的青睐,经过培育和规范的早餐奶市场势必成为乳品企业新的竞争要地。

三元最早在市场上推出了它的"早餐奶",同时还倡导了一个全新的时尚早餐概念,奠定了它在早餐奶市场的地位。随后,蒙牛、光明、汇源等商家也纷纷"染指早餐奶"。此后三元又适时推出全新的"苦荞早餐奶"。

面对竞争日益激烈的乳业市场,乳业巨头都在寻找细分市场的"蓝海"。2007年1月23日,伊利集团高调推出国内第一款据称可有效解决"乳糖不耐受"或乳糖酶缺乏问题的"低乳糖奶"——"伊利营养舒化奶"。中国食品科技学会秘书长孟素荷认为,这对市场增容有重大影响。

据权威数据,2005年我国人均乳制品消费为21.7公斤,只有世界平均水平的五分之一。市场增长的重大障碍之一就是中国"乳糖不耐受"或者乳糖酶缺乏人群的大量存在。中国疾病控制中心调查显示,我国北京、上海、广州等地3~13岁儿童乳糖酶缺乏的发生率最高可达87%,且成人发生率更高,其症状多表现为饮用牛奶后腹泻、腹部不适、腹胀、腹痛等。

伊利集团技术中心主任云战友说,其采用超高温灭菌(UHT)后无菌添加工艺和"乳糖水解"技术解决了此问题。据伊利市场部人士介绍,此产品研究历时4年,市场终端价格为2.8元。

目前,"伊利营养舒化奶"的功效和产品生产技术都已经通过权威机构的鉴定。伊利集团与哈尔滨医科大学、西安交通大学医学院少儿卫生教研室和中国优生科学协会钙工程专业委员会数十位专家教授协作,对近2 000名测试者进行了详尽的跟踪调查以及数据记录,结果显示:"伊利营养舒化奶"对乳糖吸收不良的改善有效率为96.6%,对乳糖不耐受症改善的显效率为90.1%,有效率为96%。强有力的科学实验证明,"伊利营养舒化奶"可真正使饮奶"难受"变"享受",是我国大量"乳糖不耐受"人群完全可放心饮用的高营养、高品质牛奶。

牛奶市场竞争加剧,导致细分市场升级。2008年3月27日蒙牛乳业推出了国内首款儿童纯牛奶——蒙牛未来星。有关人士预测,儿童牛奶市场在未来一定时期内,将成为牛奶企业国内市场竞争重点。

"中国有3亿儿童,儿童奶市场潜力巨大。蒙牛推出儿童奶,是在牛奶市场竞争日益激烈的情况下,细分市场的一种考虑。"对此次推出的蒙牛未来星儿童奶,蒙牛乳业儿童奶负责人赵宇宁直言不讳,由于目前产品量少,各个主要城市并没有完全覆盖,不过武汉市场将是蒙牛儿童奶重点推广市场。

据了解,蒙牛新推出的儿童牛奶价位在2到3元。

营销专家陈清涛教授认为,目前国内牛奶商家竞争激烈,为了满足不同群体的需求,产品市场细分化也是必然的。牛奶对儿童的价值已被国内乳品领域的领导企业重视,儿童牛奶市场将成为未来牛奶企业国内市场竞争重点。

资料来源:1. 邹茂林、肖何、闫琰，长江商报,2008－03－28。
2. 上海奶业行业协会,腾讯财经,2007－01－30。

分析题:

1. 结合案例分析乳品行业市场细分的标准有哪些？

2. 你认为乳品行业未来的发展还可能有哪些细分市场？

体验训练

◆ **实训一**

现有 A 公司在泡泡糖市场中处于垄断地位,B 公司欲进入这一市场,并成立了市场开发部,研究 A 公司产品的不足,以寻找市场空间,经过周密分析,终于发现了 A 公司产品有以下不足:

1. 以成人为对象的泡泡糖市场正在扩大,而 A 公司仍把重点放在儿童身上。

2. A 公司产品口味单一,市场需求要求多样化。

3. A 公司生产条状光辉糖,缺乏新样式。

4. A 公司产品价格出现零头,顾客购买不便。

B 公司针对调查结果,开始建立自己的目标市场,并制定相关的营销策略。

你认为 B 公司如何发现市场机会？B 公司应当把目标市场选择在哪里？B 公司应当怎样制定目标市场策略？

◆ **实训二**

广告牌可以通过简短、集中的信息吸引过路人的注意力。选择一种产品,该产品能够吸引大学生这个细分市场的注意力。在下面的空白处设计一个广告牌,通过富有创意的设计和信息来吸引特定人群的注意力,并通过回答下面的问题来解释你的决策。

说明你的决策：

目标市场是什么？

_____

_____

该细分市场最主要的特点是什么？

_____

_____

为什么你认为这个广告牌可以吸引你的目标人群的注意力？

_____

_____

你的广告牌与众不同之处是什么？

_____

_____

◆ 实训三

制定职业生涯规划

1. 对自己进行认真、深度的 SWOT 分析；
2. 对本专业的市场前景、就业状况有明确的认识；
3. 提出切实可行的个人目标；
4. 就如何实现个人目标明确具体的保证措施、努力方向；
5. 该发展规划方案应与个人的成长及就业实际紧密结合。

第八章 市场竞争战略

模块一 知识训练

一、辨别是非

1. "竞争者近视症"就是指只看到近的竞争者而看不到远的竞争者。 （　）
2. 如果某个行业具有高的利润吸引力，其他企业会设法进入。 （　）
3. 产品的差异性都是客观存在的，易于被客观手段加以检测。 （　）
4. 行业竞争结构不会随时间的推移而变化。 （　）
5. 公司最直接的竞争者是那些同一行业同一战略群体的公司。 （　）
6. 所有竞争者的目标都是追求利润最大化。 （　）
7. 从容型竞争者不对竞争者的任何攻击行为进行反击。 （　）
8. 攻击弱竞争者能更大幅度地扩大市场占有率和利润水平。 （　）
9. "好"竞争者的存在会给公司带来一些战略利益。 （　）
10. 本地竞争者是近竞争者，外国竞争者则是远竞争者。 （　）
11. 企业应攻击"坏"竞争者，支持"好"竞争者。 （　）
12. 某些市场竞争战略是不会随时间、地点、竞争者状况等而改变的。 （　）
13. 通过扩大总需求，市场挑战者往往受益最多。 （　）
14. 市场领导者要保护市场份额，就必须正面攻击市场挑战者。 （　）
15. 选择挑战战略应遵循"游击攻击"原则。 （　）
16. 采用追随战略要冒很大的风险。 （　）
17. 追随者要与市场领导者和市场挑战者分担新产品开发等方面所需的经费。 （　）
18. 规模较小且其他公司不感兴趣的细分市场称为利基市场。 （　）
19. 行业是一组提供一种或一类密切替代产品的相互竞争的公司。 （　）

二、单项选择题

1. 企业要制定正确的竞争战略和策略，就应深入地了解_____。
   A. 技术创新　　　　　B. 消费需求　　　　　C. 竞争者　　　　　D. 自己的特长
2. 某一行业内有许多卖主且相互之间的产品有差别，顾客对某些品牌有特殊偏好，不同的卖主以产品的差异性吸引顾客，开展竞争，这属于_____。
   A. 完全竞争　　　　　B. 完全垄断　　　　　C. 不完全垄断　　　　　D. 垄断竞争
3. 产品导向的适用条件是_____。
   A. 产品供不应求　　B. 产品供过于求　　C. 产品更新换代快　　D. 企业形象良好
4. 根据_____导向确定业务范围时，应充分考虑市场需求和企业实力。

A. 技术　　　　　　　B. 需要　　　　　　　C. 顾客　　　　　　　D. 产品

5. 对竞争者的攻击有无反应和反应强弱无法根据其以往的情况加以预测的竞争属＿＿＿＿＿＿。

  A. 从容型竞争者　　　B. 选择型竞争者　　　C. 凶狠型竞争者　　　D. 随机型竞争者

6. 违反行业规则,打破了行业平衡,生产能力过剩仍然继续投资的竞争者属于＿＿＿＿＿＿。

  A. 强竞争者　　　　　B. 近竞争者　　　　　C. 弱竞争者　　　　　D. "坏"竞争者

7. 一般说来,"好"的竞争者的存在会给公司＿＿＿＿＿＿。

  A. 增加市场开发成本　　　　　　　　　B. 带来一些战略利益

  C. 降低产品差别　　　　　　　　　　　D. 必然造成战略利益损失

8. 企业致力于发展高新技术,实现技术领先,以赢得市场竞争的胜利是属于＿＿＿＿＿＿。

  A. 优质制胜　　　　　B. 创新制胜　　　　　C. 技术制胜　　　　　D. 服务制胜

9. 企业根据市场需求不断开发出适销对路的新产品,以赢得市场竞争的胜利,这属于＿＿＿＿＿＿。

  A. 速度制胜　　　　　B. 技术制胜　　　　　C. 创新制胜　　　　　D. 优质制胜

10. 企业要通过攻击竞争者而大幅度地扩大市场占有率,应攻击＿＿＿＿＿＿。

  A. 近竞争者　　　　　B. "坏"竞争者　　　　C. 弱竞争者　　　　　D. 强竞争者

11. 下面哪一个不是决定行业结构的因素?＿＿＿＿＿＿

  A. 成本结构　　　　　　　　　　　　　B. 销售量及产品差异程度

  C. 进入与流动障碍　　　　　　　　　　D. 社会变化

12. 占有最大的市场份额,在价格变化、新产品开发、分销渠道建设和促销战略等方面对本行业其他公司起着领导作用的竞争者,被称为＿＿＿＿＿＿。

  A. 市场领导者　　　　B. 市场利基者　　　　C. 强竞争者　　　　　D. 近竞争者

13. 市场总需求扩大时受益也最多的是＿＿＿＿＿＿。

  A. 近竞争者　　　　　B. 市场追随　　　　　C. 市场领导者　　　　D. 市场利基者

14. 市场领导者保护其市场份额的途径是＿＿＿＿＿＿。

  A. 以攻为守　　　　　B. 增加使用量　　　　C. 转变未使用者　　　D. 寻找新用途

15. 结合盈利能力考虑,企业的市场份额＿＿＿＿＿＿。

  A. 越大越好　　　　　　　　　　　　　B. 存在最佳市场份额限度

  C. 以50%市场份额为限　　　　　　　　D. 不存在上限

16. 有能力对市场领导者采取攻击行动,有望夺取市场领导者地位的公司属于＿＿＿＿＿＿。

  A. 强竞争者　　　　　B. 市场挑战者　　　　C. 市场利基者　　　　D. "好"竞争者

17. 市场追随者在竞争战略上应当＿＿＿＿＿＿。

  A. 攻击市场领导者　　　　　　　　　　B. 向市场领导者挑战

  C. 跟随市场领导者　　　　　　　　　　D. 不做出任何竞争反应

18. 市场利基者发展的关键是实现＿＿＿＿＿＿。

  A. 多元化　　　　　　B. 避免竞争　　　　　C. 紧密跟随　　　　　D. 专业化

19. 寻找和攻击对手的弱点,在挑战者的挑战战略中属于＿＿＿＿＿＿。

  A. 多元化　　　　　　B. 避免竞争　　　　　C. 紧密跟随　　　　　D. 专业化

20. 企业在密切注意竞争者的同时,不能单纯强调以竞争者为中心,实际上更为重要的是＿＿＿＿＿＿。

A. 侧翼进攻　　　　　B. 正面进攻　　　　　C. 游击进攻　　　　　D. 多面进攻

三、多项选择题（下列各小题中正确的答案不少于两个,请准确选出全部正确答案。）

1. 企业每项业务的内容包括_____。
   A. 要进入的行业类别　　　B. 要服务的顾客群　　　C. 要迎合的顾客需要
   D. 满足这些需要的技术　　　E. 运用这些技术生产出的产品

2. 市场领导者的主要竞争战略包括_____。
   A. 阻止市场总需求增加　　　B. 保护现有市场份额　　　C. 扩大市场份额
   D. 谋求垄断　　　E. 扩大总需求

3. 市场挑战者的主要进攻战略目标包括_____。
   A. 攻击市场领导者
   B. 攻击市场利基者
   C. 攻击规模相同但资金不足、经营不佳的公司
   D. 攻击市场跟随者
   E. 攻击规模较小且资金缺乏、经营不善的公司

4. 市场利基者的作用是_____。
   A. 拾遗补缺　　　B. 有选择地跟随市场领导者　　　C. 见缝插针
   D. 攻击市场追随者　　　E. 打破垄断

5. 市场利基者的主要风险是_____。
   A. 找不到利基市场　　　B. 竞争者入侵　　　C. 自身利益弱小
   D. 目标市场消费习惯变化　　　E. 专业化

6. 市场领导者扩大总需求的途径有_____。
   A. 攻击挑战者　　　B. 开发新用户　　　C. 击倒利基者
   D. 寻找产品新用途　　　E. 增加使用量

7. 业务范围技术导向型企业把所有_____的企业视为竞争对手。
   A. 使用同一技术　　　B. 满足顾客同种需求　　　C. 满足同一顾客群需求
   D. 生产同类产品　　　E. 产品售价相同

8. 防御对手进攻和保护市场份额的战略有_____。
   A. 阵地防御　　　B. 侧翼防御　　　C. 机动防御
   D. 反击防御　　　E. 机支防御

9. 市场挑战者可选择的挑战战略有_____。
   A. 正面进攻　　　B. 侧翼进攻　　　C. 游击进攻
   D. 迂回进攻　　　E. 多面进攻

10. 下列各项中,属于市场利基者竞争战略的是_____。
    A. 分工专业化　　　B. 市场细分化　　　C. 垂直专业化
    D. 地理市场专业化　　　E. 客户订单专业化

四、简答题

1. 市场领导者扩大市场需求总量的途径。

2. 市场挑战者可以选择的进攻战略有哪些?

3. 简述一个好的利基市场应具备的特征。

4. 简述竞争者分析包括的内容。

5. 企业如何开发新客户？

6. 市场追随者有哪些可选择的追随战略？

五、概念描述

1. 垄断竞争　2. 市场领导者　3. 市场挑战者　4. 市场追随者　5. 市场利基者

模块二　能 力 训 练

案例分析

◆ **案例 8－1**

太阳雨的营销战略

　　现在的太阳能产品市场，可以用狄更斯的经典名言"这是一个最好的时代，也是一个最差的时代"来形容。随着能源危机日益严重和国家政策的扶持，预计太阳能产业会形成 3 000 亿元以上的"蛋糕"。而现实中，5 000 多家企业混战市场（不包括无品牌企业），带来的却是诸多问题，甚至出现了"劣币驱逐良币"的不正常现象。

　　首先，太阳能产业 5 000 多家企业中，年销售额过亿元的企业不足 20 家，品牌企业整体销售额占比不到市场总额的 17%。众多厂商仍然是小规模、小区域作战，家庭作坊、小工厂占有较大比例，甚至出现个别不良企业，以劣质低价产品冲击市场，在产品出现问题后，换一个商标继续危害市场的现象，导致消费者对太阳能行业产生不信任感。

　　其次，产品同质化现象严重。产品技术同质化、产品外观同质化，缺乏科技含量，价格掩盖价值。同质化的直接恶果就是价格战，产品价值因此贬值，行业缺乏强势品牌。

　　面对困局，太阳雨正是依靠差异化和聚焦的营销战略打造了太阳雨品牌。

一、差异化战略：没有差异就没有品牌

　　整合营销大师刘国基先生说"没有差异就没有品牌"，差异化成为太阳雨品牌成功的利器。

　　1. 品牌属性差异化。在鱼龙混杂的太阳能发展乱世，太阳雨"诚信"的品牌属性成为太阳雨最具差异化的特征，也成为品牌快速发展的最有力武器。对消费者诚信，消费者会用货币的投票权捧起品牌；对相关利益者（经销商和供货商）诚信，他们会诚信相待，鼎力支持。同样，对经销商和供货商的"言必行，行必果"、承诺必兑现的新风气，短时间内就让太阳雨快速布局，并拥有了一批与品牌同成长的经销商、供货商。

　　2. 企业管理差异化。当大多数太阳能企业还是家庭作坊、小工厂，大多数企业还没重视企业管理时，管理体系就让太阳雨品牌与众不同。太阳雨聘请了一个优秀的管理团队，建立了规范、完善的管理流程。以车间管理为例，太阳雨在行业内率先建立了全面的质量管理体系，从班组、工段到车间，层层建立质量保证体系，所有上岗员工必须取得质量培训证书。质量管理点标识牌、首件产品控制台、随处可见的以员工命名的小发明（小创造）以及每月评选明星的管理制度,让前来参观的经销商、消费者感觉到太阳雨与其他企业的差异。

3. 营销差异化。营销体现了太阳雨品牌的差异化。(1)产品差异化。太阳雨在研究消费者的基础上,发明了"保热墙"技术,并在全球范围内首家推出了"有保热墙的太阳能"。这个技术成为太阳雨品牌的独有主张,成功地实现了品牌区隔,获得了消费者的认同,与此同时,大规模的营销推广活动,使太阳雨从一个区域品牌迅速扩张为全国性品牌。随后,产品差异化仍在继续,2008年太阳雨又推出了解决太阳能热水器真空管保热的"南极管"技术。同样,在国际市场上,依据各国家的气候以及地理特征、人文习惯,太阳雨设计出了不同产品以满足不同用户的需求。(2)互动体验差异化。21世纪是娱乐的世纪,也是互动的世纪。太阳雨在行业内首家推出"动力伞"飞行,在终端使用"保热墙"体验式道具,还成立"心连心"艺术团在全国范围内进行巡回演出,配合太阳雨的各地促销活动。在演出节目上,还会把企业产品等内容融入其中,并邀请观众上台参与互动。这些演出,不仅丰富了居民的假日生活,更重要的是精心设置的一个个体验性细节,带给消费者以亲身感受。(3)公关事件差异化。事件营销是撬动品牌的"阿基米德支点",当众多企业关注奥运会时,太阳雨却成为残奥会助威团的全程合作伙伴,事件营销差异化思想体现得淋漓尽致:首先,抢占了奥运的热门,可以吸引消费者(包括经销商和最终消费者,下同)的关注。其次,太阳雨成为太阳能行业首家为残奥会作贡献的企业,也是迄今为止首家全力以赴宣传残奥会、关注残疾人事业的企业。这样,就形成了营销差异化。再次,"最美丽的火炬手"金晶成为太阳雨太阳能残奥助威团形象大使,更容易引发消费者关注。更重要的是太阳雨还启动了"太阳雨太阳能残奥助威团全球海选"活动,消费者既可以进行网上报名,也可以在太阳雨全球各销售终端参加活动,这样就有机会亲临残奥会开幕式现场。通过这样的活动,太阳雨不但达到了销售的目的,更重要的是让品牌认知达到了新的高度。

4. 经营市场差异化。当中国太阳能企业还在国内厮杀的时候,太阳雨领先一步,率先开拓国际市场,以国际化的战略,走在了其他品牌之前,实现出口80多个国家和地区,然后反过来开拓国内市场,更是游刃有余,并赋予了品牌国际化的形象。

二、聚焦战略:集中所有资源

1. 广告投放集中。"如果你系错了第一个扣子,就不可能系对其余的扣子。"这说明了选择媒体投放广告的重要。但是,在丰富多彩的传播工具中,哪一种可以达到最佳效果?企业在广告投放上要理性投放,善于聚焦。(1)理性广告:太阳雨的几乎所有广告直接阐述产品诉求,强调"有保热墙的太阳能冬天才好用"。这样,避免了更多时间浪费。(2)理性选定:经常听到企业老总说:"我知道广告费浪费了一半,但我不知道被浪费的是哪一半。"这其中,就有媒体选择的原因。经过调查,太阳雨发现二、三线城市市场消费者喜欢看央视的天气预报,就将1 000多万元的费用集中投放在中央电视台天气预报栏目。另外,根据销售潜力,太阳雨也适当选择了一些地方电视台,其原则仍然是最佳、集中。

2. 战略落地集中。比如,太阳雨在推广"保热墙"战略时,无论是促销活动、促销道具、物料、导购说辞、公关传播,还是营销会议,都集中在"保热墙"上面,在企业资源有限的情况下,最大限度地保证了战略的落地,从而推动品牌的快速发展。经营之"术"差异化和聚焦化战略的背后正是太阳雨"诚信超越,持续成长"的品牌之道。

分析题：

1. 通过案例分析太阳雨品牌快速成长的原因？

2. 企业实行差异化战略的条件有哪些？

◆ 案例 8-2

冰箱主要竞争品牌差异化战略表现

在如今的冰箱市场中，早就开始了集团军作战，战胜了需要乘胜追击；失利了则被整合，改变方式，重新投入战场。市场如此之大，总会有"我"容身之地。面对着需求旺盛的消费者，各企业取得一致的看法，市场广阔，早动手早得利，而采取何种策略进入市场，各企业可谓八仙过海，各显其能。

据中怡康时代（CMM）市场数据显示，截至 2010 年 9 月，冰箱累计销量 2 664 万台，比上年同期增长了 14.42%；零售额累计为 602 亿元，比上年同期增长了 13.28%。如此高涨的市场形势，得益于国家不断推出的家电补贴政策，也在于各企业纷纷采取制胜战略的推动。

一、各企业的产品规格竞争

品牌实力的比拼对决在产品规格上，国内主要品牌虽然依旧以双门冰箱为主，但已经越来越重视开发与推广三门、多门和对开门冰箱，尤其是海尔、美的等品牌目前中高端冰箱占自身比重已经超过了 30%。外资品牌中，西门子、博世和松下等品牌，双门零售量比重超过自身比重一半；三星、LG 等品牌，双门、三门、对开门的零售量占自身比重呈三足鼎立之势，不过三门的实力相对要弱些，与此同时，2010 年伊始，LG 开始发力多门冰箱市场，并很快进入行业前列。

目前双门冰箱依然是冰箱市场的主流，占整体市场零售量的比重为 68.6%。在双门市场中，国内品牌占据主导地位。品牌前五名均十分重视双门冰箱的销售，零售量比重都很高。其中美菱双门冰箱零售量占自身比重高达 75.2%，美菱能在整体市场中取得 11.7% 的零售量份额，位列行业第二，其双门冰箱功不可没。在 439 个城市 4 220 家门店进行零售监测的结果表明，在三门市场中，外资品牌比国内品牌投入力度要大，松下三门零售量占到自身比重的 37.7%，西门子、博世也超过了 30%，均取得不错的市场份额。西门子三门冰箱在市场中表现突出，在三门市场取得 14.1% 的零售量份额。

在对开门市场中，海尔、LG、三星、西门子一直处于行业领先位置。经过 2009 年下半年的格局动荡，海尔拉开与其他品牌的距离，一直占据对开门市场份额第一的位置。除了海尔外，另一国内品牌美的在 2009 年下半年也终于赶上了对开门发展的班车，经过近半年的平稳发展，2010年 3 月后迅速发力，闯入了市场前列；不甘落后的美菱从 2010 年 4 月起，对开门市场份额逐步提高，加快追赶的步伐；而西门子进入 2010 年市场份额受到挤压，市场形势严峻。

47

三星、LG能在对开门市场中占据稳定的位置,与它们重视对开门冰箱的开发与推广、相比其他品牌投入对开门的力度更大密不可分。三星、LG对开门冰箱零售量占比均超过35%,在取得较高市场份额的同时,也成功塑造了三星、LG品牌的高端形象。

相比LG、三星等品牌对开门冰箱的高投入,美的则采取了价格战攻势。从2009年中期开始,美的对开门价格就呈下降趋势,推动其市场份额持续攀升,至2010年4月达到12.6%的零售量份额,在抢占市场份额的同时,也带动对开门整体市场价格的下滑。

在容积段方面,主要品牌也显示出各自的不同。与大多数国内品牌以181~210升为主、以211~230升为辅所不同,海尔更加注重于211~230升,新飞虽然也是以181~210升为主,但其次要容积段投在了161~180升,市场效果非常明显。在161~180升容积段,新飞投入占自身比重达27.38%,其所取得零售量份额在该容积段也处于首位。海尔在211~230升处于绝对领先优势,该容积段的产品占海尔自身比重高达33.54%。

外资品牌除了西门子与主要国内品牌在主打容积段"雷同"外,其他品牌则显现出各自的特色。三星、LG共同点在于都倾向于501升及以上,不同在于比重处于次位的容积段,三星选择了211~230升,而LG投在了231~250升;松下投入比重第一的容积段为211~230升,其次位投在了251~300升;博世非常偏重于251~300升,181~210升和211~230升容积段也占据二成左右的比重。

在231~250升,美菱主推出鲜极系列产品,取得市场领先,提高了品牌竞争优势。LG在该容积段也做足了文章,分别推出两门、三门两种规格的产品,满足消费者的不同需求,达到了增加市场销量的实际效果。251~300升的产品是西门子的强项,推出的KK27F77TI、KK28F73TI等型号以独特的三循环电脑控温、零度保鲜科技等技术优势一直位于畅销排行榜中。5月份推出了该容积段的下乡机型,进军广阔的农村市场。

在冰箱市场中,各容积段在主要品牌的争夺下,市场风起云涌,处于不断变动中,但大中容积段的冰箱越来越多地受到消费者的青睐。

二、各企业的市场区域布局

国内主要品牌产品销售集中在华东、华中、华北等区域。华东地区是经济发达地区,是企业竞争的主战场,各家纷纷投入重兵征战抢夺市场,均获得不错成绩。海尔有34.27%的零售量份额来自华东地区,除了在西北市场份额较少外,海尔在其他区域发展较为平衡。

美菱、美的等企业除了重视华东地区,也在积极争夺华中市场。新飞除了以华东为重心外,还对自家后院的华北地区布下重兵。海信、容声这对兄弟,在华东市场中也存在竞争关系,不过海信在这块市场中的比重更大,除此之外,海信偏重于华北地区,容声则在华中、华南地区开疆拓土。

而外资企业除了要在华东地区与国内企业分一杯羹外,还各自寻找次战场,以求突破国内企业的包围。西门子看重了消费能力较强的华南地区;LG根据就近原则,选择了东北地区;三星在华北地区表现自身的优势;松下则在华南地区投下重兵;博世避开了与西门子正面冲突的南方市场,偏向于华北地区。

三、各企业的渠道选择

在重视区域划分、增加地区投入比重的同时,主要企业积极拓展渠道,增加销售的灵活性,开发新兴消费市场。近两年来,拥有国美、苏宁两大连锁巨头以及江苏汇银、武汉工贸、江苏明珠、浙江百诚、重庆商社电器、大商电器、东桥电器等诸多区域连锁企业的中国家电零售市场正在形成"两极多元化"家电连锁模式,以京东商城、淘宝电器城等为代表的 B2C 网上商城的家电零售业务也在迅速成长。结合国内市场销售现状,各大企业继续加强与大家电连锁等渠道联系的同时,构建专卖店,更加重视网上商城的交易。

2009 年 9 月,海信集团的官方电子商城正式上线,加强自有电子商务直销渠道业务的开拓力度。2010 年 6 月从海信科龙获悉,公司方面已经与京东商城结为战略合作伙伴,双方将在新品发布、联合促销、定制包销、消费调研等方面展开深度合作。2010 年同期从合肥美菱获悉,目前长虹·美菱专卖店计划实施顺利,已在安徽和四川全面试点。美菱公司相关负责人表示,长虹·美菱专卖店计划致力于选择长虹和美菱产品的重合客户,挖掘各地的优质客户或潜在优质客户,力争年内在全国建成 700 家专卖店。

四、各企业的服务战略

自 2009 年美菱率先拉开了"下乡冰箱"关键零部件包修 10 年的序幕后,2010 年 5 月,海尔、新飞、美的、容声陆续发力下乡冰箱服务领域,推出了关键零部件包修 12 年的承诺。家电企业相继推出各类服务措施,新一轮"服务竞争"已经悄然来临。与美的、海尔、美菱等国内企业"两元市场共同发展、关注不同消费需求"的灵活市场操作策略不同的是,西门子、松下、三星等外资冰箱企业至今仍未针对农村市场推出任何超长包修的活动,产品包修期仍为"整机 1 年、关键零部件 3 年"。

在今天的市场经济下,企业竞争日益激烈,优胜劣汰不可避免。但从长远来看,冰箱市场最终还是会形成几大品牌领军的局面,这期间就需要企业通过提高自身实力,以产品、技术、销售渠道和服务等方面创造出差异化战略夺得制胜先机。但差异化的各种形式也会成为竞争对手冲击自身获取市场的途径,所以差异化方式不会是一成不变的,各大品牌会积极求同存异,及时调整各自的措施,应对时刻变化的市场形势。良好的发展模式,总会被其他品牌借鉴模仿,要想立于不败之地,则需积极开发适合市场的更有力的差异化战略。

资料来源:腾讯科技家电,2010 年 11 月 9 日。

分析题:

1. 当前冰箱市场各企业市场竞争的主要策略是什么?

2. 作为行业领导者的企业应如何进一步开展经营活动?

3. 冰箱市场的竞争策略对其他类型家电的经营是否有借鉴意义?

体验训练

◆ **实训一**

百事可乐与可口可乐市场竞争战略分析

百事可乐与可口可乐的竞争可称为市场竞争的经典之作，其竞争的长期性、激烈性、多样性、全面性为世人所少见。两家跨国巨头进入中国市场后，竞争仍在继续。试分析两家企业在中国市场上的竞争战略都体现在哪些方面？

◆ **实训二**

现在你是中国市场上仅次于宝洁公司的一家日化企业的高层管理人员，试分析本公司在具备什么样的条件下才能向宝洁公司发起挑战？如果向宝洁公司发起挑战，如何进行才能保证成功的概率较大？

第九章 产品策略

模块一 知识训练

一、辨别是非

1. 产品整体概念的内涵和外延都是以追求优质产品为标准的。（　　）
2. 人员推销技巧常常在推销非渴求商品的竞争过程中得到不断提高。（　　）
3. 产品品牌的生命周期比产品种类的生命周期长。（　　）
4. 新产品处于导入期时，竞争形势并不严峻，而企业承担的市场风险却最大。（　　）
5. 继续生产已处于衰退期的产品，企业无利可图。（　　）
6. 品牌设计雷同，将有助于提高消费者的品牌忠诚度。（　　）
7. 商品包装既可以保护商品在流通过程中品质完好和数量完整，同时，还可以增加商品的价值。
（　　）
8. 对于拥有良好声誉、生产质量水平相近产品的企业采用分类包装策略。（　　）

二、单项选择题

1. 形式产品是指_____借以实现的形式或目标市场对某一需求的特定满足形式。
   A. 期望产品　　　　B. 延伸产品　　　　C. 核心产品　　　　D. 潜在产品
2. 延伸产品是指顾客购买某类产品时，附带获得的各种_____的总和。
   A. 功能　　　　　　B. 利益　　　　　　C. 属性　　　　　　D. 用途
3. 产品组合的_____是指每一个产品线中所含产品项目的平均数。
   A. 宽度　　　　　　B. 长度　　　　　　C. 关联度　　　　　D. 深度
4. 产品组合的宽度是指产品组合中所拥有_____的数目。
   A. 产品项目　　　　B. 产品线　　　　　C. 产品种类　　　　D. 产品品牌
5. 产品组合的长度是指_____的总数。
   A. 产品项目　　　　B. 产品品种　　　　C. 产品规格　　　　D. 产品品牌
6. 期望产品，是指购买者在购买产品时，期望得到与_____密切相关的一整套属性和条件。
   A. 服务　　　　　　B. 质量　　　　　　C. 产品实体　　　　D. 用途
7. 导入期选择快速掠取策略是针对目标顾客的_____。
   A. 求同心理　　　　B. 求实心理　　　　C. 求新心理　　　　D. 求美心理
8. 成长期营销人员的促销策略主要目标是在消费者心目中建立_____，争取新的顾客。
   A. 产品外观　　　　B. 产品质量　　　　C. 产品信誉　　　　D. 品牌偏好
9. 新产品开发的_____阶段，营销部门的主要责任是寻找、激励及增加新产品设想。
   A. 概念形成　　　　B. 筛选　　　　　　C. 构思　　　　　　D. 市场试销

10. _____是指能够用文字、图像、模型等予以清晰表述的已经成型的产品构思,使之在顾客心目中形成一种潜在的产品形象。

    A. 物理产品   B. 化学产品   C. 产品概念   D. 产成品

11. _____,指消费者不了解或即便了解也不想购买的产品。

    A. 便利品   B. 非渴求商品   C. 选购品   D. 特殊品

12. 品牌资产是一种特殊的_____。

    A. 无形资产   B. 有形资产   C. 潜在资产   D. 固定资产

13. 企业欲在产品分销过程中占有更大的货架空间以便为获得较高的市场占有率奠定基础,一般会选择_____策略。

    A. 统一品牌   B. 分类品牌   C. 多品牌   D. 复合品牌

14. 品牌有利于保护_____的合法权益。

    A. 商品所有者   B. 生产商   C. 品牌所有者   D. 经销商

15. 企业利用其成功品牌的声誉来推出改良产品或新产品,称之为_____。

    A. 品牌扩展   B. 品牌转移   C. 品牌更新   D. 品牌再定位

16. 复合品牌指对_____产品赋予两个或两个以上品牌。

    A. 同一种   B. 两种   C. 多种   D. 不同种类

17. 对于生产经营不同质量等级产品的企业,应采用_____包装策略。

    A. 类似   B. 等级   C. 分类   D. 配套

三、多项选择题(下列各小题中正确的答案不少于两个,请准确选出全部正确答案。)

1. 产品可以根据其耐用性进行分类,大致可分为_____。

    A. 高档消费品   B. 低档消费品   C. 耐用品

    D. 非耐用品   E. 服务

2. 产品组合包括的变数是_____。

    A. 适应度   B. 长度   C. 关联度

    D. 宽度   E. 深度

3. 快速渗透策略,即企业以_____推出新产品。

    A. 高品质   B. 高额促销费用   C. 低额促销费用

    D. 高价格   E. 低价格

4. 对于产品生命周期衰退阶段的产品,可供选择的营销策略是_____。

    A. 集中策略   B. 扩张策略   C. 维持策略

    D. 竞争策略   E. 榨取策略

5. 品牌是一个集合概念,它包括_____。

    A. 商标   B. 包装   C. 品牌名称

    D. 标签   E. 品牌标志

6. 商品包装的构成要素有_____。

    A. 形状   B. 颜色   C. 材料

    D. 图案   E. 商标或品牌

7. 按照复合在一起的品牌的地位或从属程度来划分,复合品牌策略一般可以分为_____。

A. 多品牌策略   B. 主副品牌策略   C. 分类品牌策略

D. 统一品牌策略   E. 品牌联合策略

8. 包装的营销作用主要表现在_____。

A. 增加美感   B. 保护商品   C. 便于储运

D. 促进销售   E. 增加盈利

四、简答题

1. 如何理解产品整体概念？它对企业营销有哪些启示？

2. 产品组合的宽度、深度、长度和关联度在企业市场经营中的重要性体现在哪里？

3. 产品生命周期各阶段特点各是什么？

4. 什么是新产品？新产品有哪些类型？

5. 品牌设计应遵循哪些原则？试分析五粮液商标的内涵。

6. 包装的作用是什么？

7. 包装策略有哪些？

8. 论述产品生命周期的投入期应采取的营销策略。

9. 论述产品生命周期的成长期应采取的营销策略。

10. 论述产品生命周期的成熟期应采取的营销策略。

11. 论述产品生命周期的衰退期应采取的营销策略。

12. 论述新产品的开发过程。

五、概念描述

1. 产品整体概念   2. 产品组合   3. 产品生命周期   4. 新产品   5. 品牌   6. 包装

模块二 能 力 训 练

案例分析

◆ 案例 9－1

斯沃琪集团——手腕上的钟表帝国

2008 年 1 月 18 日,瑞士斯沃琪集团最新年报显示,2007 年公司所有类型的产品销售都出现了史无前例的强劲增长,全年销售额为 59.41 亿瑞士法郎(约合 54 亿美元),同比增长 17.6%。作为钟表王国瑞士首屈一指的钟表企业,斯沃琪经历了怎样的发展历程,又如何在逆境中引领瑞士手表涅槃重生？

1804 年,瑞士第一家钟表厂横空出世。凭借历史悠久的传统工艺和不断创新的精神追求,众多瑞士名表如劳力士、欧米茄、雷达和浪琴等,成功走向了全球,并在 20 世纪 60 年代达到巅峰。

20 世纪 60 年代末,日本精工推出的石英手表问世之后,迅速风靡全球,引爆了钟表行业的技术革命和产业升级。20 世纪 70 年代,精工销量跃居世界首位,取代劳力士成为石英时代的新霸主。除日本外,新加坡、中国台湾、中国香港等国家和地区也加入石英表生产行列,这对瑞士钟表工业造成了致命的打击。一时间,昔日独霸全球的钟表王国已是风雨飘摇。

危难之际,瑞士银行决定将其持股的、濒临破产的两家钟表企业合并为瑞士微电子和手表工业集团公司。1983年,瑞士钟表行业的传奇式人物——尼古拉斯·G.海耶克先生应邀为瑞士微电子和手表工业集团公司提供咨询。海耶克通过市场调查发现,瑞士钟表在高端市场占据绝对优势,而在中低端的市场份额仅有3%。他主张在强化高端市场优势的同时,切入中低端市场,狙击竞争对手,实现自我救赎。如何卖出30美元的瑞士手表?他将目标市场定了在18~35岁的年轻消费者和心态年轻的中年人这个群体上,他们虽然没有更多的钱去消费高档手表,但需要时尚化的产品来彰显个性。对此,海耶克从生产制造工艺到产品设计都做出了一系列的调整,降低原料成本,简化工艺,降低损坏率,兴建自动化生产线,扩大生产规模。1981年,秉承个性、时尚理念的斯沃琪手表一上市就赢得了年轻消费者的追捧,从此,每一款斯沃琪新产品问世,都会被赋予一个别出心裁的名字,并在款式上进行大胆创新,斯沃琪成为活跃、个性和时尚的象征。几年后,斯沃琪手表的销量超过了精工和西铁城。借助于它的杰出表现,瑞士手表夺回了行业领导地位。鉴于斯沃琪手表大获成功,瑞士微电子和手表工业集团公司1988年更名为斯沃琪集团。

今天,斯沃琪集团已经是世界第一大手表制造商和分销商,旗下拥有包括斯沃琪、宝玑、欧米茄、浪琴、雷达、天梭在内的18个知名品牌及陀飞轮零售网络。为了让旗下众多品牌相得益彰,斯沃琪集团在整体战略框架下,对各品牌进行了重新定位和规划。其中,宝珀、宝玑和欧米茄变身顶级奢侈品牌;浪琴和雷达雄踞高端;天梭、卡尔文·克莱恩和美度等覆盖中端;斯沃琪和飞菲充当低端"防火墙"。同时,斯沃琪集团进一步明确了各品牌的诉求,例如,宝珀是"活着的艺术品",代表文化和艺术;欧米茄强调尊贵、气派、豪阔、高调、时髦;雷达表永不磨损,是高科技的象征;浪琴优雅轻灵、最具浪漫情怀和优雅风范;卡尔文·克莱恩凸显中性酷感;天梭倡导运动、时尚;斯沃琪则是时髦、快乐、年轻和活力的代名词。

近年,斯沃琪集团不断加大在中国市场的品牌推广力度,浪琴为了开发中国市场,邀请刘嘉玲和郭富城作为其品牌代言人,雷达邀请费翔为其代言,这些都是斯沃琪集团在中国市场上关注各个细分市场的营销策略。2008年,欧米茄成为北京奥运会官方计时器,这必将再次推动欧米茄品牌在中国市场的发展。一款手表,如果超越了简单的计时功能,成为品位和身份的象征符号,那么,用品牌的价值观念去向市场索取溢价就成为可能。瑞士斯沃琪集团正是一方面传承瑞士钟表的传统精湛工艺,另一方面,将现代艺术和灵性情感注入到品牌之中,从而成功缔造出一个"手腕上的钟表帝国"。

资料来源:唐文龙.斯沃琪:手腕上的钟表帝国.销售与市场(战略版),2008:8。

分析题:

1. 在20世纪70年代,瑞士钟表业面临着怎样的困境?尼古拉斯·G.海耶克先生采用了哪种产品组合策略?

2. 谈谈斯沃琪集团的品牌策略。

◆ **案例 9 – 2**

从耐克看经销商品牌的经营策略

半个世纪以前,美国有一名叫耐克的推销员,专门推销质量上乘、款式新颖的皮鞋,久而久之,他推销的产品和他本人都成了名牌。

于是,他以自己的名字注册了商标,创建了耐克皮鞋公司,在全美国的范围内寻找符合条件的生产厂家,为自己加工生产皮鞋,然后用耐克商标销售。

耐克注册和使用商标,可以说是典型的经销商商标。它从注册创立至今,没有自己的一间厂房,没有一个生产工人,也没有投入一分钱购置设备和原料,因而不形成资金积淀;只有一支经验丰富的经销商队伍和一支产品设计开发的工程师队伍。

由于成本低,效率高,耐克皮鞋公司的销售额和利润很快就超过了传统经营模式的生产厂家,耐克本人也成为亿万富翁。

耐克的发迹给我们提供了一个全新的经营思路,这就是经销商品牌的经营策略。

分析题:

1. 目前,越来越多的大经销商倾向于使用自己的商标品牌,形成这一趋势的主要原因有哪些?

2. 经销商品牌的商品零售价比较低的原因是什么?

体验训练

◆ **实训一**

营销界有一句很有名的话:"把冰卖给爱斯基摩人"。请想一想,以冰为原料,我们可以开发出哪些新产品来卖给爱斯基摩人?

◆ **实训二**

分别列出并比较麦当劳和肯德基的产品组合。二者有何异同？二者的不同之处是在宽度方面还是在深度方面？他们是如何延伸产品线的？请分别为麦当劳和肯德基构思几个新产品。你认为其中最有创意并最有可能成功的是哪一个？

◆ **实训三**

选择同学们熟悉的两种产品，一种是 10 元以下，另一种是 200 元以上，分别选择三个不同的品牌，在表 9－1，表 9－2 中列出产品间的差异（成分、特征、使用、质量、包装等）。

10 元以下产品：＿＿＿＿＿＿＿＿＿＿＿＿

表 9－1　10 元以下产品的品牌差异

品　　牌	产　品　差　异

200 元以上产品：＿＿＿＿＿＿＿＿＿＿＿＿

表 9－2　200 元以上产品的品牌差异

品　　牌	产　品　差　异

通过以上数据，分析产品间差异的启示和结论是什么？

第十章　定价策略

模块一　知识训练

一、辨别是非

1. 竞争导向定价法包括随行就市定价法和需求差异定价法。　　　　　　　（　　）
2. 分销渠道中的批发商和零售商多采取反向定价法。　　　　　　　　　　（　　）
3. 运用认知价值定价法时,有直接价格评比法、直接认知价值评比法和诊断法等方法可供使用。
　　　　　　　　　　　　　　　　　　　　　　　　　　　　　　　　（　　）
4. 基点定价是企业选定某些城市作为基点,然后按一定的厂价加上从基点城市到顾客所在地的运费来定价,按照顾客最远的基点计算运费。　　　　　　　　　　　　（　　）
5. 当采取认知定价法时,如果企业过高地估计认知价值,便会定出偏低的价格。　　（　　）
6. 产品差异化使购买者对价格差异的存在不甚敏感。因此,在异质产品市场上企业有较大的自由度决定其价格。　　　　　　　　　　　　　　　　　　　　　　　（　　）
7. 基础价格是单位产品在计入折扣、运费等之后的生产地或经销地价格。　　（　　）
8. 销售中的折价无一例外地遵循单位价格随订购数量的上升而下降这一规律。　（　　）
9. 顾客对产品的降价既可能理解为这种产品有某些缺点,也可能认为这种产品很有价值。
　　　　　　　　　　　　　　　　　　　　　　　　　　　　　　　　（　　）
10. 采用运费免收定价会使产品成本增加,不但给企业市场渗透带来困难,甚至难以在激烈的市场竞争中站住脚。　　　　　　　　　　　　　　　　　　　　　　　（　　）
11. 产品形式差别定价是指企业对不同型号或形式的产品制定不同的价格,但它们的价格与成本费用之比却相同。　　　　　　　　　　　　　　　　　　　　　　　　（　　）
12. 在产品组合定价策略中,根据补充产品定价原理,制造商经常为主要产品制定较低的价格,而对附属产品制定较高的加成。　　　　　　　　　　　　　　　　　　（　　）
13. 面对激烈的竞争,企业为了生存和发展,在任何时候都应始终坚持只降价不提价的原则。
　　　　　　　　　　　　　　　　　　　　　　　　　　　　　　　　（　　）
14. 提价会引起消费者、经销商和企业推销人员的不满,因此提价不仅不会使企业的利润增加,反而导致利润的下降。　　　　　　　　　　　　　　　　　　　　　　　（　　）
15. 企业提价的主要原因是由于通货膨胀,物价上涨,企业的成本费用提高或企业的产品供过于求。　　　　　　　　　　　　　　　　　　　　　　　　　　　　　（　　）
16. 假设竞争对手采取老一套的办法来对付本企业的价格变动,在这种情况下,竞争对手的反应是能够预测的。　　　　　　　　　　　　　　　　　　　　　　　　　（　　）
17. 如果企业的市场占有率下降之后很难得以恢复,市场领导者往往维持价格不变。（　　）

18. 在企业难以估算成本而且打算和同行和平共处的情况下,企业往往采取随行就市定价法。 （ ）

19. 在完全竞争的市场条件下,企业一般没有定价的自主权。 （ ）

20. 当产品提价时消费者必然降低消费需求。 （ ）

二、单项选择题

1. 随行就市定价法是_____市场的惯用定价方法。

    A. 完全垄断   B. 异质产品   C. 同质产品   D. 垄断竞争

2. _____是企业把全国分为若干价格区,对于卖给不同价格区顾客的某种产品,分别制定不同的地区价格。

    A. FOB 原产地定价   B. 分区定价   C. 统一交货定价   D. 基点定价

3. 某服装店售货员把相同的服装以 800 元卖给顾客 A,以 600 元卖给顾客 B,该服装店的定价属于_____。

    A. 顾客差别定价   B. 产品形式差别定价

    C. 产品部位差别定价   D. 销售时间差别定价

4. 为鼓励顾客购买更多物品,企业给那些大量购买产品的顾客的一种减价称为_____。

    A. 功能折扣   B. 数量折扣

    C. 季节折扣   D. 现金折扣

5. 如企业按 FOB 价出售产品,则产品从产地到目的地发生的一切短损都将由_____承担。

    A. 企业   B. 顾客   C. 承运人   D. 保险公司

6. 统一交货定价就是我们通常说的_____。

    A. 分区定价   B. 运费免收定价

    C. 基点定价   D. 邮资定价

7. 企业利用消费者具有仰慕名牌商品或名店声望所产生的某种心理,对质量不易鉴别的商品的定价最适宜用_____法。

    A. 尾数定价   B. 招徕定价   C. 声望定价   D. 反向定价

8. 当产品市场需求富有弹性且生产成本和经营费用随着生产经营经验的增加而下降时,企业便具备了_____的可能性。

    A. 渗透定价   B. 撇脂定价   C. 尾数定价   D. 招徕定价

9. 准确地计算产品所提供的全部市场认知价值是_____的关键。

    A. 反向定价法   B. 认知价值定价法

    C. 需求差异定价法   D. 成本导向定价法

10. 按照单位成本加上一定百分比的加成来制定产品销售价格的定价方法称之为_____定价法。

    A. 成本加成   B. 目标   C. 认知价值   D. 诊断

11. 投标过程中,投标商对其价格的确定主要是依据_____制定的。

    A. 市场需求   B. 企业自身的成本费用

    C. 对竞争者的报价估计   D. 边际成本

12. 企业因竞争对手率先降价而做出跟随竞争对手相应降价的策略主要适用于_____市场。

A. 寡头　　　　　　B. 差别产品　　　　　C. 完全竞争　　　　　D. 同质产品

13. 在订货合同中不明确价格,而是在产品制成以后或者交货时才进行定价的方法是对付_____的一种价格策略。

    A. 通货膨胀　　　　　　　　　　　B. 经济紧缩
    C. 经济疲软　　　　　　　　　　　D. 经济制裁

14. 在产品系列定价中,企业出售一组产品的价格应_____单独购买其中每一产品的费用总和。

    A. 高于　　　　　　B. 等于　　　　　　C. 低于　　　　　　D. 不低于

15. 招徕定价指_____利用部分顾客求廉的心理,特意将某几种商品的价格定得较低以吸引顾客。

    A. 生产者　　　　　B. 竞争者　　　　　C. 批发商　　　　　D. 零售商

16. 企业的产品供不应求,不能满足所有顾客的需要。在这种情况下,企业就必须_____。

    A. 降价　　　　　　　　　　　　　B. 提价
    C. 维持价格不变　　　　　　　　　D. 降低产品质量

17. 在强大竞争者的压力之下,企业的市场占有率_____,在这种情况下,企业就需考虑降价。

    A. 下降　　　　　　B. 上升　　　　　　C. 波动　　　　　　D. 不变

18. 体育馆对于不同座位制定不同的票价,采用的是_____策略。

    A. 产品形式差别定价　　　　　　　B. 产品部位差别定价
    C. 顾客差别定价　　　　　　　　　D. 销售时间差别定价

19. 顾客只能一次买下所有东西,不能分开购买的价格捆绑是_____。

    A. 混合捆绑　　　　　　　　　　　B. 纯粹捆绑
    C. 全部捆绑　　　　　　　　　　　D. 产品系列捆绑

20. 企业给予能及时付清货款的顾客的一种减价属于_____折扣。

    A. 现金　　　　　　B. 数量　　　　　　C. 功能　　　　　　D. 季节

三、多项选择题(下列各小题中正确的答案不少于两个,请准确选出全部正确答案。)

1. 差别定价的主要形式有_____。

    A. 顾客差别定价　　　　B. 产品包装差别定价　　　　C. 产品部位差别定价
    D. 销售时间差别定价　　E. 产品形式差别定价

2. 影响企业定价的主要因素有_____等。

    A. 定价目标　　　　　　B. 产品成本　　　　　　　　C. 市场需求
    D. 经营者意志　　　　　E. 竞争者的产品和价格

3. 地区定价的形式有_____等。

    A. FOB 原产地定价　　　B. 分区定价　　　　　　　　C. 补充产品定价
    D. 基点定价　　　　　　E. 运费免收定价

4. 企业定价目标主要有_____等。

    A. 维持生存　　　　　　B. 当期利润最大化　　　　　C. 市场占有率最大化
    D. 产品质量最优化　　　E. 成本最小化

5. 价格折扣主要有_____等类型。

A. 现金折扣   B. 数量折扣   C. 功能折扣

D. 季节折扣   E. 价格折让

6. 引起企业提价主要有_____等原因。

     A. 通货膨胀,物价上涨   B. 企业市场占有率下降   C. 产品供不应求

     D. 企业成本费用比竞争者低   E. 产品生产能力过剩

7. 心理定价的策略主要有_____。

     A. 声望定价   B. 分区定价   C. 尾数定价

     D. 基点定价   E. 招徕定价

8. 产品组合定价策略主要有_____。

     A. 统一交货定价   B. 选择品定价   C. 产品大类定价

     D. 分部定价   E. 副产品定价

9. 市场领导者在遭到其他企业的进攻后,有_____策略可供选择。

     A. 提高产品质量   B. 提价   C. 维持价格不变

     D. 降价   E. 降低服务水平

10. 一般说来,顾客对于企业提价可能会这样理解_____。

     A. 产品有某些缺点,销售不畅

     B. 价格会进一步下跌

     C. 卖主想尽量取得更多利润

     D. 产品很有价值

     E. 产品很畅销,不赶快买就买不到了

四、简答题

1. 简述定价的主要方法有哪些。

2. 简述撇脂定价及其适用条件。

3. 简述价格折扣的主要类型。

4. 简述企业在哪些情况下可能需要采取降价策略。

5. 影响产品定价的因素有哪些?

五、概念描述

1. 认知价值定价法   2. 渗透定价   3. 差别定价策略   4. 需求价格弹性   5. 折扣定价

6. 招徕定价

六、计算题

1. 某种品牌的洗衣粉每袋从 15 元降到 10 元后,需求量由原来的 1 000 万袋增加到 1 900 万袋,试计算原价格条件下的需求弹性系数,并说明运用降价策略能否增加收益?

2. 某厂生产某种商品 10 000 件,固定总成本 400 000 元,变动总成本 600 000 元,预期利润率 20%,试按成本加成定价法计算每件商品的销售价格。

3. 某百货商场从生产商那里购进一批 VCD,进货平均成本为 1 000 元。如果百货商场的加成率为 10%,则百货商场按零售价加成确定的 VCD 零售价是多少?

4. 某服装商店,经营某种品牌的衬衫,进货成本每件 126 元,加成率为 30%,分别以售价为基础和以进货成本为基础,计算这种衬衫的零售价格是多少?

模块二 能力训练

案例分析

◆ **案例 10 - 1**

联邦快递打响价格战

在世道艰难的时候,大多数公司都会谨慎行事,削减支出并收缩扩张计划,此时雄心壮志让位给了小心谨慎。但也有一些公司不理会自身面临的挑战,而且,用管理学家沃尔特·费里尔(Walter Ferrier)的话说,它们还"向疲弱对手的要害发起了攻击"。

当中国的快递、物流公司都在为飞速上升的燃油价格焦头烂额之际,就在6月,中国的柴油和汽油价格又提升了近20%,但这个价格仍然低于国际水平,因此分析人士认为未来数月内燃油还有提价的可能。美国快递巨头联邦快递就做出了一个不可思议的决定:提高中国地区国内限时快递服务的速度,但却大幅降低这些服务的价格。这其中联邦快递最快服务"次早达"费用的最大下调幅度达77%。除了降价,联邦快递还提高了快递速度。"次早达"的到货时间从第二天的中午12点提速到上午10点30分,截件时间则延长到了晚上9点。而且即使在周六,它也会提供服务。另外,它将国内限时"次早达"的服务从最开始的19个城市拓展到了40多个城市,"隔日达"服务更是已经覆盖全国200多个城市。

根据联邦快递最新的价格表,从北京通过"次早达"服务将2公斤重的包裹快递到上海需要31元人民币,仅为中国邮政EMS的1/3。而在去年联邦快递这项业务的价格是135元人民币。在政府的支持下,中国邮政曾经垄断中国国内的快递业务。

联邦快递在2007年6月进入中国国内快递业务市场,根据其提供的数据,到2008年6月,联邦快递国内快递的货量已是一年前推出服务时的3倍以上。

这次降价策略并不是联邦快递该业务的第一次降价,在2007年10月联邦快递就有一次明显降价,价格平均降幅达40%。而此次降价是在去年10月的基础上再次下降40%左右。此次降价后,例如上海至厦门"次日达"的价格,联邦快递已经比国内民营快递企业顺丰速运的价格还低2元。

联邦快递强调此次调整的价格绝不是临时价格。"我们意在为整个行业建立标准,并且提高门槛;中国正经历着快速的变化,联邦快递也必须一起改变。"联邦快递中国区国内限时业务副总裁陈信孝表示:"通过提供更加优惠的价格,我们希望有更多的中国客户能够使用我们的服务,从而优化他们的供应链。"

"考虑到现在的油价,联邦快递一定是在赔本经营,目的就是从我们手里争市场。"一位不愿透露姓名的中国民营快递管理层人士告诉记者,"要知道,这些外资企业的人力和运行成本要比中国企业高得多。"

通过联邦快递转运中心以及与奥凯航空的合作,联邦快递已将"转运中心及航线系统"运输模式带到中国,以此就能为客户提供更晚的截件时间和更快、更可靠的国内限时服务。

联邦快递在中国区的主要经营收入目前并不是来自国内市场,而是国际快递业务。在这个领域,国内企业所占的份额只有30%。国内业务降价后,其国际业务可帮其分担成本。

目前,联邦快递在广州白云机场的亚洲运转中心已经竣工,整个修建过程只用了两年半的时间。这个转运中心是联邦快递在美国本土外最大的基地,也是目前中国建设的第一个大型自动化航空快件处理中心。它的快件处理量达每小时2.5万件,这保证了联邦快递亚洲地区邮件可实现当日到达,全球邮件次日到达。而以前这些业务至少需要三天时间。

同时,联邦快递正将国内限时服务推广到中国更多的二三级城市,联邦快递现在推出的价格策略将有助于加速这种推广。

"竞争对手通常都没有达到这样的降价幅度,而客户一开始还有所观望,想看看联邦快递会不会保持降价;随着人们认识到联邦快递的降价会是长期的,这一举措最终证明是赢得新业务的有力工具。"联邦快递货运部总裁道格拉斯·邓肯(Douglas Duncan)在接受《华尔街日报》采访时表示。

这些举措也有风险,因为它们会给短期利润带来额外的压力。但联邦快递的管理层认为,长期的回报会证明他们的大胆策略物有所值。在他们看来,市场低迷之时也是最有可能抢到市场份额的时候——此时一些竞争对手处境窘迫,难以全力保住自己的地位。现在赢来的新客户在未来的许多年里可能就会成为带来利润的忠实主顾。

资料来源:第一财经周刊。

分析题:

1. 企业在进行降价时要达到什么目标?

2. 结合案例分析联邦快递公司降价有哪些保证条件?

◆ **案例 10-2**

宝洁公司洗发水的市场定价

1998年宝洁公司的销售在进入中国市场10年来,一反常态地出现了倒退,且幅度惊人。在随后两年里颓势依然。在宝洁最具有战略意义的洗发水市场,其市场占有率从60%跌到40%。竞争对手的队伍却在扩大,除了联合利华之外,还多了一批中国本土日化企业,其中最强劲的对手是武汉的丝宝集团。1996年,该公司推出"舒蕾"牌洗发水之后一直成长迅速。

2000年,在宝洁系列的洗发水品牌市场份额中,飘柔、海飞丝和潘婷品牌均下降了3个百分点,舒蕾牌洗发水却在此时脱颖而出,市场份额比上一年增长了1倍,并超过了宝洁当年力推的"沙宣"系列。在洗衣粉、沐浴露等其他日化产品中,宝洁更是遭遇到严重的打击,中国一些本土品牌在整个市场份额上已占据了绝对优势。

　　为了冲出重围,宝洁欲以低价挽回自己所丢失的领地,更重要的是打压本土日化企业。2003年11月中旬,宝洁推出零售价9.9元的200 ml瓶装飘柔洗发水,而同样包装的飘柔正常价格则是13.5元。在此之前,宝洁在2003年已发动了多轮降价战——汰渍洗衣粉、舒肤佳、玉兰油沐浴露和激爽等纷纷加入降价阵营,且幅度均达到20%以上。与此次宝洁抢占低端市场做法相反的是,以价格战擅长的本土日化企业却开始向中高端转型,积极塑造品牌形象,提高产品美誉度。

分析题:

　　1. 宝洁公司采用了什么价格策略?该公司为什么要做出这一价格策略?

　　2. 分析宝洁公司采用该策略对市场竞争的影响。

　　3. 价格竞争是唯一的、最有效的竞争策略吗?

体验训练

◆ 实训一

家电行业的"囚徒困境"

　　1. 将学员分成5~6个小组,每个小组分别代表一家家电企业在市场经营。

　　2. 市场经营的规则是:所有家电企业的利润率维持在9%左右,如果有3家以下的企业采取降价策略,降价的企业由于薄利多销,利润率可达12%,而没有采取降价策略的企业利润率则为6%。

　　3. 每个小组派代表到小房间里,交代上述游戏规则,经小组代表初步协商达成一致。初步协商之后小组代表回到小组,并将情况向小组汇报。

　　4. 小组经过五分钟讨论之后,需要做出最终的决策:降还是不降?并将决定写在纸条上交给老师。

　　5. 老师公布结果。

◆ **实训二**

网 络 定 价

1. 进入下列网站,分析该网站网络商品定价的特点(表 10-1)。

表 10-1　网站定价策略

商 务 网 站	定 价 策 略
www.joyo.com	
www.haier.com	
www.Alibaba.com	

2. 列出网络产品定价的特点(表 10-2)。

表 10-2　网络产品定价特点

定 价 策 略	特 点	典 型 网 站
低于进价策略		
差别定价策略		
高价策略		
竞价策略		
集体议价策略		

第十一章 分销渠道策略

模块一 知识训练

一、辨别是非

1. 确定企业所要达到的目标市场是渠道有效设计的起点。 （　）
2. 自己进货，并取得产品所有权后再出售的商业企业是经纪人或代理商。 （　）
3. 判断一个渠道交替方案好坏的标准是其能否导致较高的销售额和较低的成本。 （　）
4. 经纪人是从事购买、销售或二者兼备的洽商工作，并取得产品所有权的商业单位。 （　）
5. 销售代理商对生产者委托代销的商品没有经营权。 （　）
6. 由于广告拉力过大而渠道建设没有跟上等原因，很容易产生地区窜货现象。 （　）
7. 直复市场营销使用广告媒体与普通广告一样，其目的都是为了刺激顾客的偏好和树立品牌形象。 （　）
8. 企业一般根据竞争者的现行顾客服务水平来确定自己的顾客服务水平。 （　）
9. 若产品的式样、款式变化较快，企业产品就利用短而宽的渠道。 （　）
10. 经济萧条时，生产者通常使用较短的渠道，并免除那些会提高产品最终售价但又不必要的服务。 （　）

二、单项选择题

1. 使所供应的物品符合购买者需要，包括分类、分等、装配、包装等活动属于分销渠道职能中的_____。
   　A. 促销职能　　　　B. 配合职能　　　　C. 接洽职能　　　　D. 物流职能
2. 契约约束与_____能促使中间商达到生产者预期的绩效标准。
   　A. 佣金　　　　　　B. 销售配额　　　　C. 提成　　　　　　D. 放宽信用条件
3. 向最终消费者直接销售产品和服务，用于个人及非商业性用途的活动属于_____。
   　A. 零售　　　　　　B. 批发　　　　　　C. 代理　　　　　　D. 经销
4. 分销渠道的每个层次使用同种类型中间商数目的多少，被称为分销渠道的_____。
   　A. 宽度　　　　　　B. 长度　　　　　　C. 深度　　　　　　D. 关联度
5. 以大批量、低成本、低售价和微利多销的方式经营的连锁式零售企业是_____。
   　A. 超级市场　　　　B. 方便商店　　　　C. 仓储商店　　　　D. 折扣商店
6. 企业对中间商的基本激励水平应以_____为基础。
   　A. 中间商的业绩　　B. 企业实力　　　　C. 交易关系组合　　D. 市场形势
7. 批发商的最主要的类型是_____。
   　A. 商人批发商　　　B. 经纪人　　　　　C. 代理商　　　　　D. 制造商销售办事处

8. 生产消费品中的便利品的企业通常采取_____的策略。
   A. 密集分销　　　　　B. 独家分销　　　　　C. 选择分销　　　　　D. 直销

9. 当目标顾客人数众多时,生产者倾向于利用_____。
   A. 长而宽的渠道　　　B. 短渠道　　　　　　C. 窄渠道　　　　　　D. 直接渠道

10. 非标准化产品或单位价值高的产品一般采取_____。
   A. 直销　　　　　　　B. 广泛分配路线　　　C. 密集分销　　　　　D. 自动售货

11. 财务薄弱的企业,一般采用_____的分销方法。
   A. 选择分销　　　　　B. 佣金制　　　　　　C. 代理　　　　　　　D. 直销

12. 在评估渠道交替方案时,最重要的标准是_____。
   A. 控制性　　　　　　B. 经济性　　　　　　C. 适应性　　　　　　D. 可行性

13. 既不持有存货,又不参与融资或承担风险的商业单位是_____。
   A. 制造商代理　　　　B. 销售商代理　　　　C. 产品经纪人　　　　D. 佣金商

三、多项选择题(下列各小题中正确的答案不少于两个,请准确选出全部正确答案。)

1. 分销渠道包括_____。
   A. 生产者　　　　　　B. 商人中间商　　　　C. 代理商　　　　　　D. 消费者

2. 影响分销渠道设计的因素有_____。
   A. 顾客特性　　　　　B. 企业及产品特性　　C. 竞争特性　　　　　D. 环境特性

3. 渠道的交替方案主要涉及_____。
   A. 中间商类型　　　　B. 顾客的偏好　　　　C. 产品性质
   D. 中间商数目　　　　E. 渠道成员的特定任务

4. 当生产者对中间商激励过分时,会导致_____。
   A. 销售量提高　　　　B. 销售量降低　　　　C. 利润提高　　　　　D. 利润减少

5. 产生窜货现象的主要原因是_____。
   A. 该市场供应饱和　　　　　　　　　　　　B. 各地运输成本不同
   C. 激励不足　　　　　　　　　　　　　　　D. 地区差价

6. 经纪人或代理商主要分为_____。
   A. 产品经纪人　　　　B. 制造商代表　　　　C. 销售代理商　　　　D. 佣金商

7. 垂直分销渠道系统包括_____等几种形式。
   A. 管理式分销系统　　　　　　　　　　　　B. 公司式分销系统
   C. 契约式分销系统　　　　　　　　　　　　D. 股权式分销系统

8. 无门市零售的主要形式是_____。
   A. 直复市场营销　　　B. 自动售货　　　　　C. 人员直销　　　　　D. 购货服务

9. 评价渠道方案的标准主要有_____。
   A. 经济性　　　　　　B. 适应性　　　　　　C. 控制性　　　　　　D. 效率性

10. 渠道结构的主要发展趋势有_____。
   A. 直复营销　　　　　B. 渠道的联合　　　　C. 多渠道系统　　　　D. 松散式渠道

11. 分销渠道的宽度选择主要包括_____。
   A. 密集式分销　　　　B. 选择性分销　　　　C. 独家分销　　　　　D. 全面性分销

12. 分销渠道要实现的流程主要包括_____。

    A. 商流   B. 物流   C. 信息流与促销流   D. 货币流

13. 渠道设计方案主要包括的基本内容为_____。

    A. 中间商类型   B. 中间商数量

    C. 渠道成员的特定任务   D. 渠道成员的责任

四、简答题

1. 影响分销渠道设计的因素有哪些？

2. 如何进行窜货的管理？

3. 企业对渠道成员的激励方式有哪些？

4. 选择渠道成员的评价标准有哪些？

5. 企业自身的哪些因素对渠道设计产生影响？

五、概念描述

1. 分销渠道   2. 渠道目标   3. 直复营销   4. 选择分销   5. 密集分销   6. 垂直渠道系统

7. 窜货   8. 批发   9. 零售   10. 第三方物流

模块二　能力训练

案例分析

◆ 案例 11 - 1

娃哈哈"联销体"模式

    娃哈哈作为中国改革开放后快速发展起来的民营企业,它的一些做法被业界称之为"宗庆后营销"。当然,娃哈哈的渠道控制也是其中精彩的一笔。娃哈哈的营销队伍目前走的是一条"联销体"路线。与其他一些大型企业相比,娃哈哈在全国各地的营销员少得让人难以相信,只有200人,而且宗庆后还表示,他不会让这个人数有太大的突破。娃哈哈的营销组织结构是这样的:总部——各省区分公司——特约一级批发商——特约二级批发商——二级批发商——三级批发商——零售终端。

    每年年初,特约一级批发商根据各自经销额的大小打一笔预付款给娃哈哈,娃哈哈支付与银行相当的利息;然后,每次提货前,结清上一次的货款。一级批发商在自己的势力区域内发展特约二级批发商与二级批发商,两者的区别是,前者将打一笔预付款给一级批发商,以争取到更优惠的政策。

    娃哈哈保证在一定区域内发展一家一级批发商。同时,公司还常年派出一到若干名销售经理和理货员帮助经销商开展各种铺货、理货和促销工作。在某些县区,甚至出现这样的情况:当地的一级批发商仅提供资金、仓库和一些搬运工,其余的所有营销工作都由娃哈哈派出的人员具体完成。

    这是一种独特的协作框架,从表面上看,批发商帮娃哈哈卖产品却还要先付一笔不菲的预付款给娃哈哈——对某些大户来说,这笔资金达数百万元。而娃哈哈方面,则"无偿"地出人、出力、出广告费,帮助批发商赚钱。对经销商而言,他们无疑十分喜欢娃哈哈这样的厂家:一则企业大、品牌响,有强有力的广告造势配合;二则系列产品多,综合经营的空间大,可以把经营成本摊薄;三则有销售公司委派的理货人员"无偿"地全力配合,总部的各项优惠政策可以不打折扣地实施到位。

当然,他们也有压力:首先要有一定的资本金垫底;其次必须全力投入,把本区域市场做大,否则第二年联销权就可能旁落他家。

分析题:

1. 娃哈哈"联销体"的优势分析。

2. 娃哈哈"联销体"模式对其他企业的借鉴意义有哪些?

◆ **案例 11 - 2**

雅芳的直销试点牌照

2006 年 4 月 8 日,雅芳全球 CEO 宣布雅芳获得中国唯一的直销试点资格,4 月 11 日上午,几十名雅芳内部经销商聚集于广州天河时代广场的雅芳总部,这次,他们不是如往常一样来提货的,而是因为"公司开展直销损害到专卖店的销售利益",从而要向雅芳高层为直销"开闸"后专卖店的生存讨个"说法"。专卖店经销商"群访"雅芳广州总部的事件意味着,首获直销试点的雅芳,开始面临一场新的转型的"阵痛"。

雅芳作为一家最早进入中国直销市场的外资公司,在经历了 1998 年政府颁布《关于全面禁止传销经营活动的通知》,从而使直销业在中国进入了寒冬的洗礼之后,雅芳痛定思痛,决定彻底削足适履来适应中国特有的国情。于是雅芳采取了以店内、柜内销售产品为主的单层次的直销模式,从而在中国转型为批零店铺的经营模式。

目前,雅芳拥有 6 000 多家专卖店及 1 700 多个商店专柜,但是,它们大部分是由经销商投资。雅芳通过 34% ~40% 的利润率来说服经销商们进行前期的投资,但是自从雅芳方面透露将开展直销以来,经销商们的生意明显下降,甚至在广州、上海等一些地方的旺铺生意也一落千丈,从而出现经销商集体"逼宫",到雅芳总部"讨说法"的局面。这是典型的供应商和经销商之间的渠道冲突! 这是雅芳适应新的直销游戏规则所必须经历的痛苦过程。

目前,消费者可以从不同渠道购买到适合自己的雅芳产品,其中包括商场专柜、专卖店、网上商店,也有一些非正式的渠道如灰色营销渠道、地下黑店等,诸多的渠道方便了顾客的消费。当然,在取得直销试点之前,由于专柜与专卖店的贡献最大,雅芳对经销商也就非常倚重,雅芳主要是通过高利润率来保持经销商的忠诚度。然而,直销经营活动需要大批销售人员来彰显其竞争优势,雅芳为了适应新的直销模式,就不得不逐渐减少对经销商的依赖程度,转而重视对推销员的培养,这在经销商看来有一种"过河拆桥"的感觉。经销商将被置于何种地位呢?商场专柜、专卖店只是起到做美容或产品展示的作用?或仅是专门为雅芳设立一个直销提货点?前期已投入一定固定资金的经销商们当然不愿意看到这种情况的发生。

分析题:

1. 雅芳在获得直销试点资格后,原来的经销商纷纷要求退货、讨说法,从表面上看是渠道冲突惹的祸,你觉得深层次的原因是什么?

2. 对这种多渠道冲突,如何有效解决?谈谈你的看法。

体验训练

◆ **实训一**

分销渠道运行及管理的调查

1. 选择学校所在的城市,对该城市的企业按行业进行分类。小组根据所选行业,调查目的、内容,统一制定调查问卷。

2. 实际进行调查,对所选行业的典型企业进行走访,了解其渠道选择、渠道运行、渠道管理的状况。

3. 总结走访企业的渠道状况及渠道选择的一般模式。

4. 指出调查企业渠道设计、运行、管理中存在的问题。

5. 针对渠道运行中存在的问题,提出具体的解决措施。

◆ **实训二**

我国消费品市场渐趋饱和,行业总体利润在下降,在这样的背景下,越来越多的日化企业开始将触角延伸到农村市场。结合分销渠道的专业理论知识,为一家致力于农村市场的洗发水企业设计合适的分销渠道。

第十二章 促销策略

模块一 知识训练

一、辨别是非

1. 人员促销主要适合于消费者数量多、比较分散的情况。 (   )

2. 企业在其促销活动中,在方式的选用上只能在人员促销和非人员促销中选择其中一种加以
   应用。 (   )

3. 由于人员推销是一个推进商品交换的过程,所以买卖双方建立友谊、密切关系是公共关系而
   不是推销活动要考虑的内容。 (   )

4. 对单位价值较低、流通环节较多、流通渠道较长、市场需求较大的产品常采用拉式策略。
   (   )

5. 因为促销是有自身统一规律性的,所以不同企业的促销组合和促销策略也应相同。 (   )

6. 推销员除了要负责为企业推销产品外,还应该成为顾客的顾问。 (   )

7. 公共关系是一种信息沟通,是创造"人和"的艺术。 (   )

二、单项选择题

1. 促销工作的核心是_____。

   A. 出售商品　　　　B. 沟通信息　　　　C. 建立良好关系　　　　D. 寻找顾客

2. 促销的目的是引发刺激消费者产生_____。

   A. 购买行为　　　　B. 购买兴趣　　　　C. 购买决定　　　　D. 购买倾向

3. 对单位价值高、性能复杂、需要做示范的产品,通常采用_____策略。

   A. 广告　　　　B. 公共关系　　　　C. 推式　　　　D. 拉式

4. 公共关系是一项_____的促销方式。

   A. 一次性　　　　B. 偶然　　　　C. 短期　　　　D. 长期

5. 销售促进是一种_____的促销方式。

   A. 常规性　　　　B. 临时性　　　　C. 经常性　　　　D. 连续性

6. 人员推销的缺点主要表现为_____。

   A. 成本低,顾客量大　　　　　　　　B. 成本高,顾客量大

   C. 成本低,顾客有限　　　　　　　　D. 成本高,顾客有限

7. 公共关系的目标是使企业_____。

   A. 出售商品　　　　　　　　　　　　B. 盈利

   C. 广结良缘　　　　　　　　　　　　D. 占领市场

8. 一般日常生活用品,适合于选择_____做广告。

A. 人员   B. 专业杂志

C. 电视   D. 电影

9. 开展公共关系工作的基础和起点是_____。

A. 公共关系调查   B. 公共关系计划

C. 公共关系实施   D. 公共关系策略选择

三、多项选择题(下列各小题中正确的答案不少于两个,请准确选出全部正确答案。)

1. 促销的具体方式包括_____。

A. 市场细分   B. 人员推销   C. 广告

D. 公共关系   E. 销售促进

2. 在人员推销活动中的三个基本要素为_____。

A. 需求   B. 购买力   C. 推销人员

D. 推销对象   E. 推销品

3. 促销组合和促销策略的制定影响因素较多,主要应考虑的因素有_____。

A. 定价目标   B. 促销目标   C. 产品因素

D. 市场条件   E. 促销预算

4. 广告设计原则包括_____。

A. 真实性   B. 社会性   C. 民族性

D. 艺术性   E. 感召性

5. 广告最常用的媒体包括_____。

A. 报纸   B. 杂志   C. 广播

D. 电影   E. 电视

6. 公共关系的活动方式可分为_____。

A. 宣传性公关   B. 征询性公关   C. 交际性公关

D. 服务性公关   E. 社会性公关

四、简答题

1. 促销的基本策略是什么?

2. 影响促销组合的因素有哪些?

3. 人员推销有哪些特点?

4. 广告创作应遵循哪些原则?

5. 选择广告媒体应考虑哪些因素?

6. 举例说明五种以上的针对消费者的销售促进方式。

7. 采用销售促进策略时应注意哪些问题?

五、概念描述

1. 促销   2. 促销组合   3. 推动策略   4. 拉引策略   5. 公共关系   6. 广告   7. 人员推销

8. 销售促进

模块二　能力训练

案例分析
◆ **案例 12-1**

联合利华的促销组合策略

联合利华与宝洁在国际市场上的竞争一直没有停止过。

在"清扬"上市前，联合利华从 200 多场不同形式的调查中找到了一个重大的突破口——洗发水购买与使用频次最高的是年轻人群，而非成人或中年人群。于是，清扬下定决心将产品塑造为年轻人更喜欢的、更个性、更有主张的形象，同时强调品牌的专业性，以争取到家庭购买者的信任。这一形象也与海飞丝的定位针锋相对。海飞丝进入中国市场已近 20 年时间，在消费者心中，几乎已成为职业人士和成熟人群去屑洗发水的代言者。

2007 年 3 月，联合利华在中国市场强力推出继力士、夏士莲之后的第三大洗发水品牌——清扬，采取了一系列的促销策略向宝洁公司多年来收益最丰的去屑洗发水市场发起了进攻。

广告策略。 2007 年 2 月底，海飞丝抢先推出了新版广告，喊出了"7 大功效，彻底去屑"的口号。几天以后，清扬正式在各主流电视台播出了以几大功效为核心诉求的广告片。两周以后，"小 S 版"广告上市。在这条广告的画面中，小 S 面对观众说："假如有人一次又一次地对你撒谎，你一定会甩了他，对吗？""在清扬法国技术中心，我找到了说话算数的。"以此暗示清扬的专业性和值得信赖。就在海飞丝还没有什么反应的时候，清扬展开了又一轮次的进攻——推出了以"男性头皮是不同的"为主题的产品广告，正式将清扬"男士系列"推向消费者。

公关策略。 2007 年 3 月初，中国保健协会公布了《中国居民头皮健康状况调查报告》，报告中指出：20 年来，中国消费者受头屑困扰的人群比例由原来的 70% 上升为 83%。这一数据被清扬在日后的公关媒介发布中广为引用，暗示作为过去 20 年来中国地区最主要的去屑品牌，海飞丝难辞其咎。同时，提出了"头皮护理是去屑关键"的论点，配合小 S 版广告，意图将自己打造成头皮护理专家形象。借助海飞丝遭遇信任危机，清扬开始大举进攻，策动了一个以"千万人挑战，头屑不再来"为主题的产品体验活动，在全国超过 2 000 个终端向消费者提供免费试用装，并现场为消费者进行头皮检测。海飞丝此时也充分调动了自己的媒体工具开始反击。进入 5 月，一些网站上也开始出现了质疑清扬产品功效以及清扬法国技术中心是否存在的话题。于是，清扬在 7 月 4 日邀请了全球四大皮肤健康协会之一的国际美容皮肤科学会（IACD），联合召开了 2007 首届国际去屑及头皮健康研讨会。在会上，清扬公布了最新临床实验报告，报告显示了所有接受临床实验的中国消费者在持续使用清扬四周以后头屑不再出现。这次公关活动看似为化解危机而策划，实则使清扬进一步确立了自己的专业品牌形象。

终端促销。 清扬在终端发起了大规模的促销活动。在货面的安排上，清扬的货架产品陈列几乎全部紧挨海飞丝，同时还用蓝瓶男士系列包装与白瓶海飞丝进行色彩上的区隔，形成视觉上的冲击。从 1 月份开始，清扬在全国大规模招聘促销员，提供比其他品牌促销员高出 2 倍的薪资标准。从 3 月上市到 5 月，清扬全国 300 个大卖场的促销员几乎没有下过终端。庞大的促销团队和紧密的促销排期为清扬带来了迅猛的销售提升,市场占有率在短短3个月内上升了3个百分点。宝洁用低价和赠送的方式予以回击,占据重要卖场核心促销摊位和陈列位置,意图将清扬挤出卖场。面对这样的情况,清扬开始考虑采取联盟的手段,充分调动卖场终端的积极性,以"利益联盟"的手段化解来自海飞丝的强大压力。从4月起,清扬在全国核心城市超过300家店建立去屑体验区,为消费者进行现场去屑检测,吸引了大量人流。另外,针对屈臣氏等特殊卖场,清扬还推出了2元体验装产品,以满足一些喜欢尝鲜但不愿大投入的消费者试用产品。进入6月,清扬与沃尔玛等核心大卖场开展清扬环保行动,鼓励以旧换新。种种行为都大量提升了商超的人流,促进了商超与清扬的合作兴趣,也让清扬自己的商业联盟逐步成形。

在短短的半年时间里,两大竞争对手在去屑洗发水领域展开了一场激烈的"厮杀",作为竞争者的清扬显得信心十足,有备而来;作为领导者的海飞丝则是一一应对,游刃有余。两家企业、两个品牌都是胜利者。清扬的加入,对领导品牌构成一定威胁,把更多的二线品牌逼入绝境,从而改变了市场格局。

资料来源:贾伟."去屑教父"争锋记.销售与市场(战略版),2007:11。

分析题

1. 清扬的产品定位是什么?

2. 面对强有力的竞争对手,联合利华是如何开展促销活动的?

◆ **案例12－2**

深度促销:玩的是心跳

目前市场重心由一级市场向二、三级市场逐级下沉。二、三级市场的消费潜力相对一级市场而言要狭小许多,面对特别的县级市场,营销人员要如何谋划才能使促销活动精彩迷人呢?

一、广告传播,联手公关降成本

笔者一个从事家电业的朋友就曾经利用教师节将公关提升、品牌形象建设和促销信息的传播搞得有声有色,真可谓是一石三鸟。首先,针对教师节一般由乡镇级政府部门向当地的先进教师授奖这一情况,他们找到了该县负责教育的县委副书记和副县长,提出给每乡镇的先进教师提供一次免费的抽奖活动,奖品以电饭煲、洗发水、洗衣粉等实用物品为主,每乡镇各提供价值200元的奖品(该地乡政府给先进教师的奖金一般是30元),同时向所有的教师提供一张面值30元的购物优惠券用以购买冰箱、彩电、洗衣机,有效期四个月。考虑到该地区讨价还价的习惯,还特别声明该优惠券最好是在已经和经销商谈定价格交钱的时候再出示,以免经销商虚报价格。当然,作为回报,两位县领导也同意将各乡镇学校面向公路的围墙免费半年提供给该公司作为品牌形象与教育兴国主题相结合的公益广告的宣传栏。最后,该公司共花了四千多元的奖品赞助,送出了近两千张购物优惠券,而收获的却是当地电视台新闻报道三次,实用的免费广告墙壁三十多块,当然,最主要的是还回笼了近六百张的购物优惠券和不错的口碑传播,真可谓是名利双收。

二、促销谋划,因地制宜定细节

盛夏时节,对手在某地级市的 12 个县开展了一次声势浩大的"买风扇送牙膏,买风扇送洗衣粉"的大型促销活动。买风扇的大部分都是乡镇居民,对于喜欢捞点实惠的人来说,买风扇送牙膏送洗衣粉可谓是好钢用在了刀刃上。按同样的方法做促销肯定会起到不错的效果,但照抄照搬对手的做法送个牙膏或是送块毛巾也会让同行笑话。

通过市场调查,很多乡镇居民和城镇居民都对假钞的害人把戏深感恐惧,但花几十块上百块买个大的验钞机既不划算也不方便,如果能送他们一个微型的电子验钞笔那绝对是正中下怀。就这样,促销对抗开始了,为保证促销效果,该公司还花了五百元印制了一万多张单色宣传单在各停车场派送,在派单宣传和居民口头传播的作用下,很多买风扇的人都跑到了该公司指定的零售商那里购买产品。一个多月下来,一支批发价才 1.5 元的电子验钞笔把价值 2 元多的牙刷和洗衣粉打得叫苦连天再也没有还手之力。

资料来源:第一营销网。

分析题:

1. 为什么教师节抽奖活动能够成功? 如果当时采用直接降价或返现促销,效果会怎样?

2. 买电风扇送微型验钞笔的案例给了你哪些启示?

体验训练

◆ **实训一**

企业促销评价

在本地找一个正在进行的企业或产品促销活动,进行以下分析:

1. 本次企业促销活动的主题是什么?

_____

_____

2. 企业的产品或服务是什么?

_____

3. 此产品或服务的目标市场是什么？

_____

_____

4. 本次促销活动最吸引消费者的是什么？与竞争对手相比有无独特之处？

_____

_____

5. 企业本次促销的目的是什么？依你的观察和分析企业能否达到目的？为什么？

_____

_____

◆ 实训二

认识企业公关

查阅当地报纸，找一个大型企业的企业故事或人物专访。并查阅有关该企业的相关资料，了解这家企业，分析企业公关的相关内容。

1. 企业名称是什么？

_____

_____

2. 企业类型是什么？主营业务是什么？

_____

_____

3. 关于这个企业你查阅到的相关信息是什么？

_____

_____

4. 报纸上文章的初衷是什么？

_____

_____

5. 文章的效果你认为如何？为什么？

_____

_____

第十三章　市场营销计划、组织与执行

模块一　知识训练

一、辨别是非

1. 市场营销计划的执行主要解决"由谁做"、"在何时做"和"怎样做"的问题。　　　（　　）

2. 在营销计划的执行中企业文化与管理风格应该相适应。　　　（　　）

3. 企业文化和管理风格一旦形成应该具有相对稳定性和连续性。　　　（　　）

4. 企业的各种计划往往与市场营销计划紧密相连。　　　（　　）

5. 市场营销经理的根本任务之一就是设计和发展市场营销组织。　　　（　　）

6. 产品型组织的突出优点是权责明确。　　　（　　）

7. 企业设计组织结构的目的是为了更好地实现企业的目标。　　　（　　）

8. 企业其他职能部门的计划一般都是依据市场营销计划来安排的。　　　（　　）

二、单项选择题

1. _____组织强调市场营销各种职能的重要性,却缺乏对整个营销活动负全责的部门。

　　A. 职能型　　　　　B. 产品型　　　　　C. 市场型　　　　　D. 地理型

2. 能加强企业内各部门间的协作,组建方便、适应性强、利于工作效率提高的组织类型是_____。

　　A. 职能型　　　　　B. 产品型　　　　　C. 矩阵型　　　　　D. 金字塔型

3. _____是企业内部全体共同持有和遵循的价值标准、基本信念和行为准则。

　　A. 企业文化　　　　B. 企业规章制度　　C. 道德标准　　　　D. 管理制度

4. 在组织结构中,分权化程度越高,_____越大,组织效率就越高。

　　A. 管理深度　　　　B. 管理幅度　　　　C. 管理范围　　　　D. 管理规模

5. 职位层次与职位数量密切相关,一般而言,职位层次越高辅助性职位的数量_____。

　　A. 越多　　　　　　B. 越合理　　　　　C. 越少　　　　　　D. 越受限

三、多项选择题(下列各小题中正确的答案不少于两个,请准确选出全部正确答案。)

1. 市场营销执行中出现问题的主要原因是_____。

　　A. 计划脱离实际　　　　　　　　　　B. 长期目标与短期目标相矛盾

　　C. 因循守旧的惰性　　　　　　　　　D. 缺乏具体明确的执行方案

2. 市场营销执行问题常常出现于企业的三个层次,它们是_____。

　　A. 市场营销职能　　　　　　　　　　B. 市场营销方案

　　C. 市场营销政策　　　　　　　　　　D. 市场营销组织

3. 企业采用哪一种管理风格,主要取决于_____。

    A. 战略任务　　　　　B. 组织结构　　　　　C. 人员　　　　　D. 环境

4. 建立组织职位要考虑的几个要素是_____。

    A. 职位类型　　　　　B. 职位层次　　　　　C. 职位数量　　　D. 职位要求

5. 专业化组织可以分为四种类型_____。

    A. 职能型组织　　　　B. 产品型组织　　　　C. 市场型组织　　D. 地理型组织

6. 结构性组织可以分为_____。

    A. 金字塔型　　　　　B. 矩阵型　　　　　　C. 地理型　　　　D. 产品型

四、简答题

1. 市场营销计划的含义和内容是什么？

2. 市场营销组织的目标和基本类型是什么？

3. 市场营销计划执行的主要步骤有哪些？

五、概念描述

1. 营销计划　　2. 营销组织　　3. 营销执行

模块二　能　力　训　练

案例分析

国内某酒店 2007 年营销计划书

    现今阶段,酒店业竞争日益激烈,消费者也变得越来越成熟,这就对我们饭店经营者提出了更高的要求。在即将来临的 2007 年我们计划对我们的营销做出一系列的调整,吸引消费者到我店消费,提高我店经营效益。

    一、市场环境分析

    （一）我店经营中存在的问题

    1. 目标顾客群定位不太准确,过于狭窄。总的看我市酒店业经营状况普遍不好,主要原因是酒店过多,供大于求,而且经营方式雷同,没有自己的特色;或者定位过高,消费者难以接纳;另外就是部分酒店服务质量存在一定问题,影响了消费者到酒店消费的信心。

    我店在经营中也存在一些问题,去年的经营状况不佳,我们应当反思目标市场的定位。应当充分挖掘自身的优越性,拓宽市场。我酒店目标市场定位不合理,这是导致效益不佳的主要原因。我店所在的金桥区是一个消费水平较低的区,居民大部分都是普通职工。而我店是以经营粤菜为主,并经营海鲜,价格相对较高,多数居民的收入水平尚不能接受。但我店的硬件水平和服务质量在本区都是上乘的,我们一贯以中高档酒店定位于市场,面向中高档消费群体,对本区的居民不能构成消费吸引力。

    2. 新闻宣传力度不够,没能在市场上引起较大的轰动,市场知名度较小。我店虽然属于金杰集团(金杰集团是我市著名企业),但社会上对我店却不甚了解,我店除在开业时做过短期的新闻宣传外再也没有做过广告,这导致我酒店的知名度很低。

    （二）周围环境分析

尽管我区的整体消费水平不高，但我店的位置有特色，我店位于101国道旁，其位置优越，交通极为方便，比邻商院、理工学院、机电学院等几所高校，所以过往的车辆很多，流动客人是一个潜在的消费群。大学生虽然自己没有收入，但却不是一个低消费群体，仅商院就有万余名学生，如果我们可以提供适合学生的产品，以低价位吸引他们来我店消费，这可能是一个巨大的市场。

（三）竞争对手分析

我店周围没有与我店类似档次的酒店，只有不少的小餐馆，虽然其在经营能力上不具备与我们竞争的实力，但其以低档菜物美价廉吸引了大量的附近居民和学生。总体上看他们的经营情况是不错的。而我们虽然设施和服务都不错，但由于市场定位的错误，实际的经营状况并不理想，在市场中与同档次酒店相比是处于劣势的。

（四）我店优势分析

1. 我店是隶属于金杰集团的子公司，金杰集团是我市的著名企业，其公司实力雄厚是不容质疑的，因此我们在制定规划时，也应充分利用我们的品牌效应，充分发掘品牌的巨大内蕴，让消费者对我们的餐饮产品不产生怀疑，充分相信我们提供的是质高的产品，在我们的规划中应充分注意到这一点来吸引消费者。

2. 我店硬件设施良好，资金雄厚，而且有自己的停车场和大面积的可用场地。这可以用来吸引过往司机和用来开发一些促销项目以吸引学生。

机会点：① 本企业雄厚的实力为我们的发展提供了条件；② 便利的交通和巨大的潜在顾客群；③ 良好的硬件及已有的高素质工作人员为我们的调整和发展提供了广阔的空间。

二、目标市场分析

目标市场即最有希望的消费者组合群体。目标市场的明确既可以避免影响力的浪费，也可以使广告有其针对性。没有目标市场的广告无异于"盲人骑瞎马"。

目标市场应具备以下特点：既是对酒店产品有兴趣、有支付能力的消费者，也是酒店能力所及的消费者群。酒店应该尽可能明确地确定目标市场，对目标顾客做详尽的分析，以更好地利用这些信息所代表的机会，以便使顾客更加满意，最终增加销售额。顾客资源已经成为饭店利润的源泉，而且现有顾客消费行为可预测，服务成本较低，对价格也不如新顾客敏感，同时还能提供免费的口碑宣传。维护顾客忠诚度，使得竞争对手无法争夺这部分市场份额，同时还能保持饭店员工队伍的稳定。因此，融汇顾客关系营销、维系顾客忠诚可以给饭店带来如下益处：

1. 从现有顾客中获取更多顾客份额。忠诚的顾客愿意更多地购买饭店的产品和服务，忠诚顾客的消费，其支出是随意消费支出的两到四倍，而且随着忠诚顾客年龄的增长、经济收入的提高或顾客单位本身业务的增长，其需求量也将进一步增长。

2. 减少销售成本。饭店吸引新顾客需要大量的费用，如各种广告投入、促销费用以及了解顾客的时间成本等，但维持与现有顾客长期关系的成本却逐年递减。虽然在建立关系的早期，顾客可能会对饭店提供的产品或服务有较多问题，需要饭店进行一定的投入，但随着双方关系的进展，顾客对饭店的产品或服务越来越熟悉，饭店也十分清楚顾客的特殊需求，所需的关系维护费用就变得十分有限了。

3. 赢得口碑宣传。对于饭店提供的某些较为复杂的产品或服务，新顾客在做决策时会感觉有较大的风险，这时他们往往会咨询饭店的现有顾客。而具有较高满意度和忠诚度的老顾客的建议往往具有决定作用，他们的有力推荐往往比各种形式的广告更为奏效。这样，饭店既节省了吸引新顾客的销售成本，又增加了销售收入，从而饭店利润就有了提高。

4. 员工忠诚度的提高。这是顾客关系营销的间接效果。如果一个饭店拥有相当数量的稳定顾客群，也会使饭店与员工形成长期和谐的关系。在为那些满意和忠诚的顾客提供服务的过程中，员工体会到自身价值的实现，而员工满意度的提高导致饭店服务质量的提高，使顾客满意度进一步提升，形成一个良性循环。

根据前面的分析并结合当前市场状况，我们应该把主要目标顾客定位于大众百姓和附近的大学生及过往司机，在此基础上再吸引一些中高收入的消费群体。他们有如下的共性：

（1）收入水平或消费能力一般，讲究实惠清洁，到酒店消费一般是宴请亲朋或节假日的生活改善。

（2）不具备经常的高消费能力但却有偶尔的改善生活的愿望。

（3）关注安全卫生，需要比较舒适的就餐环境。学生则更喜欢就餐环境时尚有风格。

三、市场营销总策略

1. "百姓的高档酒店"——独特的文化是吸引消费者的法宝，我们在文化上进行定位，虽然我们把饭店定位于面向中低收入的百姓和附近的大学生，但却不意味着把酒店的品位和产品质量降低，我们要提供给顾客价廉的优质餐饮产品和优质服务，决不可用低质换取低价，这样也是对顾客的尊重。

2. 进行立体化宣传，突出本饭店的特性，让消费者从感性上对金杰酒店有一个认识。让消费者认识到我们提供给他的是一个让他有能力享受生活的地方。可以在报刊上针对酒店的环境、所处的位置做广告，吸引消费者的光顾，让顾客从心理上获得一种"尊贵"的满足。

3. 采用强势广告，以期引起"轰动效应"，从而吸引大量的消费者注意，建立知名度。

四、2007 年行动计划和执行方案

（一）销售方法的策略

1. 改变经营的菜系。过去我们以经营粤菜和海鲜为主，本年度我们可以"模糊"菜系的概念，只要顾客喜欢，我们可以做大众菜也可以根据需要制作高档菜。这样表面上看是我们的酒店没有特色菜，其实不然。大众菜并不等同于低档菜，粤菜和海鲜一般价格高，而且并不适合普通百姓的口味，因此消费的潜力不大。我们在编制菜单时，可以在各菜系中择其"精华"，把其代表菜选入，并根据市场和季节的变化做适当调整，有了这些"精华"，我们再加入大量的大众菜。这样我们可以给顾客很大的选择余地，适应了不同口味人的需要。

2. 降低菜价吸引顾客。菜价在整体上下降，某些高档菜可以价高，大部分菜优质低价，菜价在整体上是低的，但也照顾了高消费顾客的要求。价格策略包括：① 折扣优惠；② 抽奖及精品赠送优惠。

3. 为普通百姓和学生提供低价优质的套餐和快餐。套餐分不同的档次，但主要是根据人数，如 4 人套餐、6 人套餐、8 人套餐，人数越多价格相对越低，这样可以吸引更多的人来消费。主要目的是以实惠取胜。面向学生推出快餐，价格略高于学生食堂，但品质要高于食堂的大锅菜。把酒店富余的停车场改造成娱乐休闲广场，采用露天形式，四位餐桌（带遮阳伞），以便于学生休闲聊天，提供免费的卡拉 OK、电视，提供各种饮料。

4. 面向司机提供方便快捷的餐饮，免费停车。

5. 面向附近居民提供婚宴、寿宴服务。

6. 在节假日开展促销活动。

（二）广告策略

酒店广告的意义体现在以下方面：为酒店或酒店集团及产品树立形象，刺激潜在的消费者产生购买的动机和行为。

1. 广告诉求：让您成为真正的上帝。

2. 广告的表现原则及重点：① 质量来自实力的保证；② 先给您惊喜的价格，不行动就会心痛；③ 在广告中创造一种文化。

3. 诉求重点：① 企业形象广告；② 商品印象广告；③ 促销广告。

4. 实施方法：① 报纸广告(是整个广告中的关键所在)；② 宣传海报；③ 综合海报；④ 打出公司名称旗帜，以提高公司的形象；⑤ 现场派发广告礼品；⑥ 现场进行抽奖活动及精品赠送优惠。

五、营销预算(略)

六、评估控制

1. 年度计划控制。由总经理负责，其目的是检查计划指标是否实现，通过进行销售分析、市场占有率分析、费用百分比分析、客户态度分析及其他比率的分析来衡量计划实现的质量。

2. 获利性控制。由营销控制员负责，通过对产品、销售区、目标市场、销售渠道及预订数等分析以加以控制，检查饭店盈利或亏损情况。

3. 战略性控制。由营销主管及饭店特派员负责，通过核对营销清单来检查饭店是否抓住最佳营销机会，检查产品、市场、销售总体情况及整体营销活动情况。

资料来源：http://www.reader8.cn/data/2007/1013/article_88003_5.html.

分析题：

1. 根据案例总结一下企业营销计划书的基本内容应包括哪些？

2. 你认为调整后的营销计划能否充分发挥该企业优势并实现预期目标？为什么？

体验训练

◆ **实训**

一家饭店经理在运营分析中发现：周一至周四晚餐时段销量进展缓慢。店铺容量为 100 人，结果显示每晚平均接待 150 人，每位用餐价格是 11 元。

店主分析后决定，为增加销量，在一周中的每一天面向一个特定的目标人群做促销。为此，饭店开展了一个促销活动，采用营销组合策略在特定时期分别做广告。

周一：儿童就餐免费！

周二:老人享受20%折扣!

周三:先到者有特惠,18:00以前就餐均可享受15%折扣!

周四:晚场特惠,20:00以后就餐均可享受15%折扣!

1. 表13－1是第一周特惠广告的结果,计算基于每晚总销量的平均餐价。

表13－1　第一周用餐结果

日　期	顾　客	总　销　量	平　均　餐　价
周一	350 位顾客(105 位儿童)	3 430 元	
周二	190 位顾客(95 位老人)	1 919 元	
周三	220 位顾客(85 位 18:00 以前就餐)	2 464 元	
周四	260 位顾客(130 位 20:00 后就餐)	2 730 元	

2. 评估每个促销活动的有效性并建议哪些应该继续?

3. 还有哪些信息对饭店经理制定新的营销战略有价值?

4. 你认为经理还可以怎样调整促销策略?

第十四章 营销理论的发展与创新

模块一 知 识 训 练

一、辨别是非

1. 服务质量是服务的效用及其对顾客需要的满足程度的综合表现。 （ ）
2. 整合营销传播就是多种传播媒体的整合。 （ ）
3. 网络营销从其实质上讲就是网络销售。 （ ）
4. 网络营销是电子商务的别称。 （ ）
5. 大市场营销与一般市场营销的差异主要是环境和手段更加复杂。 （ ）
6. 4C 理论的核心是消费者（consumer）。 （ ）
7. 4R 理论的核心是关系营销,重在建立顾客忠诚。 （ ）
8. 关系营销是建立在以消费者为中心的基础上的营销,其核心是关系而非交易。 （ ）

二、单项选择题

1. 4C 营销理论中的"消费者"的含义是_____。
   A. 消费者的需要与欲望　　　　　　B. 消费者获得满足的成本
   C. 消费者购买的方便性　　　　　　D. 与消费者的沟通
2. 下列各项中属于整合营销传播中的直接利害关系者的是 。
   A. 政府　　　　B. 大众媒体　　　　C. 社区　　　　D. 竞争对手
3. _____是关系营销的最低层次。
   A. 财务层次　　　B. 社交层次　　　　C. 结构层次　　　D. 竞争层次
4. 关系营销的核心思想是 。
   A. 发现需求　　　　　　　　　　　B. 满足顾客需求并保证顾客需求
   C. 营造顾客忠诚　　　　　　　　　D. 营造良好关系
5. 整合营销传播的最高阶段是 _____。
   A. 基于消费者的整合　　　　　　　B. 基于合作者的整合
   C. 关系管理的整合　　　　　　　　D. 协调的整合
6. 要求营销管理人员了解或明了营销传播的需要的层次是_____。
   A. 形象的整合　　B. 认知的整合　　　C. 功能的整合　　D. 协调的整合
7. 在关系营销中,决定关系双方能否真正协调运作的关键是_____。
   A. 文化整合　　　B. 资源配置　　　　C. 思想整合　　　D. 组织整合

三、多项选择题(下列各小题中正确的答案不少于两个,请准确选出全部正确答案。)

1. 服务的基本特征包括_____。

A. 无形性　　　　B. 可变性　　　　C. 不可分割性

D. 时间性　　　　E. 过程性

2. 关系营销具有的特征是 _____ 。

A. 双向沟通　　　B. 协同合作　　　C. 互惠互利　　　D. 共同发展

3. 关系营销的层次有 _____ 。

A. 财务层次　　　B. 社交层次　　　C. 结构层次　　　D. 关系层次

4. 4C 理论的内容包括 _____ 。

A. 顾客　　　　　B. 成本　　　　　C. 方便　　　　　D. 沟通

5. 4R 理论的内容包括 _____ 。

A. 关联　　　　　B. 反应　　　　　C. 关系

D. 回报　　　　　E. 共鸣

6. 4V 理论的内容包括

A. 差异化　　　　B. 功能化　　　　C. 附加值

D. 关联　　　　　E. 共鸣

四、简答题

1. 什么是服务营销? 服务营销的基本特征是什么?

2. 什么是整合营销传播? 整合营销传播的方法有哪些?

3. 什么是关系营销? 关系营销与传统营销的区别有哪些?

4. 6R、4C、4V、4R 的内涵分别是什么?

五、概念描述

1. 服务营销　2. 整合营销　3. 大市场营销　4. 关系营销　5. 网络营销

模块二　能力训练

案例分析

◆ 案例 14 - 1

蒙牛酸酸乳与超级女声的成功整合

2005 年,蒙牛集团与湖南卫视联合举办"蒙牛酸酸乳超级女声"大型选秀活动,使蒙牛酸酸乳与两个成功的品牌——湖南卫视、"超级女声"建立了合作关系,并开始了规模宏大的赛事活动。蒙牛也对本次活动进行了精心的策划和实施。

在广告设计制作上,首先是代言人的选择:考虑到"酸酸乳"相比蒙牛其他乳品来说,口感清新爽滑,酸甜中又不失牛奶特有的浓香,产品附加值较高,属中高档奶产品系列的特点,确定该产品的主力消费群体为 15 ~ 25 岁的女孩子,因此选择了 2004 年"超级女声"大赛季军张含韵做代言人,其甜美、可爱、自信并前卫的"乖乖女"形象受到广大观众的喜爱,与"酸酸乳"的定位相吻合。其次是广告内容:张含韵一开始戴着耳机在唱歌,但是歌声走调严重,引起了不少人的嘲笑。但是,在她喝了一口蒙牛酸酸乳之后,其歌声有了质的改变,人们的目光从嘲讽变成了跟随,继而大家和张含韵一起唱起了《酸酸甜甜就是我》,并拿起酸酸乳一起合力喊出了"蒙牛酸酸乳,酸酸

83

甜甜就是我",最终以标版结束。从喧哗的场面到走样的歌声,从喝了一口酸酸乳到大家一起唱"酸酸甜甜就是我",再到产品标版,其全过程均围绕"青春、自信"展开。是什么使歌声有了质的改变呢?是"蒙牛酸酸乳",是这种青春滋味的饮料给了这个少女以自信,也使众人成了朋友,成了追随者。最后标版加上粉色的界面与产品的组合,巧妙地将"超级女声"打造青春粉色梦想的追求与产品内涵进行了完美的搭配,使整个广告片都洋溢着梦想与自信的色彩。

在销售渠道上,超级女声五大赛区——成都、长沙、郑州、杭州、广州,分别辐射蒙牛的西南、华中、华东、华南四大区域。其中,成都和长沙历来都是伊利的强势销售区域。在"超级女声"的主赛区长沙等地,蒙牛推出了"青春女生大比拼"、"品蒙牛酸酸乳,看超级女声"等活动,热辣的歌舞加上新品的品尝,使现场的气氛热闹非凡。

市场推广上,蒙牛作为央视的老客户更是深谙其道,宣传蒙牛主打的15秒的广告,在夜晚黄金时段进行滚动播出,同时辅以强势栏目进行插播,使广告能尽可能地与受众贴近。同时湖南卫视、安徽卫视等强势媒体也变成了蒙牛宣传的主战场,其宣传攻势较央视丝毫不弱。除电视媒体外,根据"超级女声"活动分成的几大赛区:广州赛区、郑州赛区、成都赛区、杭州赛区、长沙赛区,蒙牛在《南方都市报》、《潇湘晨报》、《东方今报》、《成都商报》、《都市快报》等平面媒体对活动及产品进行了大范围的双料宣传。另外,"新浪网影音娱乐世界"、"中国湖南卫视"、"超级女声站"等各大网络媒体均出现了"超级女声"及蒙牛的整版宣传报道,各种广告和与大赛相关的信息充斥网络。对选手的精彩展示、网络互动等使网络异常热闹,"玉米"、"盒饭"等纷纷通过网络传递信息,开设论坛、贴吧等,网络点击率、浏览率持续攀高。另外,"酸酸甜甜就是我"已经在百度MP3歌曲TOP500强中排名第十位,下载次数更是以十几万次名列榜首。

经过一系列的活动与宣传,"蒙牛酸酸乳"的销售额由2004年6月的7亿元上升到2005年8月的25亿元。

分析题:

1. 根据此案例分析蒙牛是如何进行整合营销的?

2. 试分析整合营销传播与传统营销的区别是什么?

淘宝网创造网络世界的神话

淘宝网(www.taobao.com)是国内领先的个人交易网上平台,由阿里巴巴公司投资创办,致力于成为全国最大的个人交易网站。淘宝,顾名思义,就是没有淘不到的宝贝。淘宝自 2003 年 5 月 10 日创办以来从零做起,短短半年的时间迅速占领了国内个人交易市场的领先地位,创造了互联网企业的奇迹。

淘宝采用会员制,只对注册的会员提供服务,另外淘宝提供第三方支付工具"支付宝",帮助交易双方完成交易,提高网上交易的信任度。用户需通过会员名、E - mail 进行注册。填写信息、激活账号和注册成功称为注册三部曲。淘宝网在短短的 3 年时间里,在亚洲购物网站中的地位迅速攀升。是什么样的策略使得淘宝取得如此令人瞩目的成就呢?

首先,便是凭借免费的策略打入市场。免费是淘宝针对 eBay 实施的非常有力的竞争策略。e - Bay 坚持收费的策略,尽管 2005 年年末,迫于 C2C 市场的竞争压力调整了收费策略,然而淘宝早已经凭借免费这把利器,迅速切入了被 e - Bay 垄断的市场。

其次,是针对国人习惯的设置赢得了用户。界面友好是很多网友对淘宝的第一印象,其活泼的界面和相对完善的功能使得用户很容易进入。此外,淘宝还通过"淘宝旺旺"这一类似 QQ 的聊天工具,使买方和卖方可以在线直接交流,甚至通过聊天成为朋友,这很符合中国人做生意的习惯,深受买卖双方的欢迎。

再次,建立安全支付系统推动安全交易。随着电子商务的不断发展,网络欺骗使得很多人不敢尝试网上购物。而淘宝网的安全支付系统"支付宝"在这方面的努力获得了用户的认可。买家在网站上购买了商品并付费,这笔钱首先到了支付宝,当买家收到商品并感到满意的时候,再通过网络授权支付宝支付货款给卖家。这样尽可能地降低了 C2C 交易风险,得到了用户的青睐。

最后,淘宝的娱乐模式堪称一流。淘宝品牌的迅速成长,其娱乐营销模式功不可没。目前,淘宝网的娱乐营销已经延伸至影视、体育、慈善等多个领域。淘宝网和热门电影保持密切的合作,除了常见的广告贴片、海报宣传、新闻发布等宣传手法外,双方还在影视副产品的网络合作开发和网络增值方面建立了伙伴关系,同时在影片的开机、封机、明星道具拍卖方面都有合作。

淘宝的成功为我国网络营销以及电子商务的发展起到了巨大的推动作用。

资料来源:http://www.xici.net/b377120/d65280488.htm。

分析题:

根据淘宝的相关资料,结合生活中的一些认识,谈谈你对网络营销的理解。

体验训练

◆ **实训一**

对比校园食堂与校外餐馆在服务方面的差异,提出改进校园食堂服务质量的有效方法。

◆ **实训二**

网络营销的未来

制作一张调查表,调查校园内大学生对互联网的使用情况。通过对大学生使用互联网的情况进行分析,对企业网络营销提出建议和意见。

综合能力训练——项目教学

《市场营销》项目教学要求

一、《市场营销》项目教学法的指导思想

项目教学法借鉴了理工科专业常用的德国行动导向教学模式和 MBA 培训中的项目作业法，结合本课程的实际情况，将课程知识内容任务化，以任务为载体将市场营销学的各部分知识融合起来。以任务驱动方式进行教学，将"说、学、做"统一起来，使学生在项目完成过程中，强化对知识的理解，学会对知识的应用，提升学生的动手能力。该教学方法充分体现了以学生为主体，以能力培养为导向的办学思想，充分调动学生的积极性。

同时，《市场营销》项目教学法采用小组分工合作方式完成项目，强调学生的团队合作精神、增强学生的社会适应性。

二、《市场营销》项目教学的内容

根据《市场营销》的课程内容，结合企业实际营销项目和同学们关注的虚拟项目，对项目进行分析后，采用学生分组的方式，教师对学生提出要求和建议，并指导学生进行项目方案的实施。

1. 项目分析。对接受的实际项目或虚拟项目进行分析，明确项目目标、分解项目内容，并完成小组分工。

2. 项目方案设计。对拟实施操作的项目要进行方案的设计，无论是调研项目还是产品市场推广方案的设计都要遵从项目目标的要求，使目标、方法、步骤相互支持、衔接。该过程要求学生充分分析、论证，做好项目完成时间表，通过讨论分析形成项目小组统一的方案。调研项目要完成调查表设计，设计项目要明确设计的基本思路等。

3. 项目实施过程。根据项目小组对方案的设计进行具体的实施。在实施中要注意各种因素对项目实际的影响，如竞争者、消费者、公众评价等，及时分析、充分论证，保证项目的完成。

4. 项目分析总结。项目完成后，各小组要形成一份标准的项目报告，并采用 PPT 对项目设计、完成过程、项目结论进行分析介绍，指导教师及各项目小组之间要进行评议，教师及企业代表对项目进行总结。

三、项目教学实施步骤及方法

1. 分组：班级同学采用自愿报名方式，每 8～10 人分成一组，企业实际项目由企业人员讲解项目任务和要求，自选项目要求组长汇报项目目标和意义，由教师进行指导。

2. 方案设计：要求项目小组内所有同学在基本调查基础上参与讨论，对项目进行充分的分析，并形成项目的基本思路和基本方案。

3. 项目报告：要求项目小组形成一份完整的项目报告，并对项目完成中的相关问题进行分析；同时小组内的所有同学根据项目分工，每人提交一份个人工作任务说明和分析。需上交 A4

纸质版项目报告一份,同时制作 PPT 在全班进行汇报。

4. 项目评议:指导教师和企业相关人员根据学生项目完成过程中的实际情况和项目报告的质量以及小组间的评议、提问情况综合打分,并对项目教学进行总结,提出建议或意见。

《市场营销》项目教学实施方案

一、教学进程安排

1. 第一堂课向学生传达本课程项目教学的目标、意义、要求,调动学生的积极性,并明确指出项目教学贯穿课程教学全程,明确阶段考核要求及考核方式及其在期末成绩考核中占有的比重。

2. 分组工作:第二周完成项目分组。

3. 选项、立项:第三章结束时布置项目选项,并在第五章结束时进行项目答辩,确定立项。

4. 项目实施方案设计:第八章结束时完成各组项目实施方案设计,包括分工、进程控制、项目信息资料来源、工作步骤等。

5. 项目策划及实施:第十一章结束时根据项目实施方案的设计完成项目调查、比较分析、策划目标设定、策划方案设计、策划方案实施及效果分析。

6. 项目收尾工作:第十三章结束时根据项目实际策划及实施情况撰写策划案,并制作 PPT。

7. 项目答辩:课程结束时进行项目陈述及现场答辩。同时教师对所有项目进行评价。

二、项目教学考核标准

项目教学的考核是项目顺利有效执行的保证。在考核中涵盖了对学生多个层面的考核要求:专业能力、表达能力、团队精神、个人能力评分均通过考核来完成。在项目教学过程中,考核可以分为两大部分,一是过程考核,二是结果考核。

(一) 过程考核(占 40%)

主要包括以下考核内容:

1. 项目研究的价值、意义、可行性(15%)。

2. 实施方案科学合理、问卷设计符合项目实际、资料真实可靠(15%)。

3. 团队组织、配合情况(10%)。

(二) 结果考核(占 60%)

1. 项目策划案(30%)。

2. PPT 项目阐述及现场答辩(30%)。

三、项目教学在学生期末成绩考核中的比重

项目教学在学生期末成绩考核中的比重一般占 30%~40%。

《市场营销》项目教学综合实训

一、项目立项

根据学生生活实际,选择学生关注的项目,如调研分析项目、企业产品特定市场推广项目、中

小企业产品(服务)设计项目等进行营销分析与策划。项目选择要充分考虑可行性、适用性、可驾驭性。立项要进行答辩。

项目名称＿＿＿＿＿＿＿＿＿＿＿＿＿＿＿＿＿＿＿＿＿＿＿＿＿＿＿＿＿＿＿＿＿＿

项目来源： 自创( ) 企业合作、委托( )

项目类别： 虚拟项目( ) 应用项目( )

项目价值和意义＿＿＿＿＿＿＿＿＿＿＿＿＿＿＿＿＿＿＿＿＿＿＿＿＿＿＿＿＿＿

＿＿＿＿＿＿＿＿＿＿＿＿＿＿＿＿＿＿＿＿＿＿＿＿＿＿＿＿＿＿＿＿＿＿＿＿＿＿

＿＿＿＿＿＿＿＿＿＿＿＿＿＿＿＿＿＿＿＿＿＿＿＿＿＿＿＿＿＿＿＿＿＿＿＿＿＿

＿＿＿＿＿＿＿＿＿＿＿＿＿＿＿＿＿＿＿＿＿＿＿＿＿＿＿＿＿＿＿＿＿＿＿＿＿＿

＿＿＿＿＿＿＿＿＿＿＿＿＿＿＿＿＿＿＿＿＿＿＿＿＿＿＿＿＿＿＿＿＿＿＿＿＿＿

＿＿＿＿＿＿＿＿＿＿＿＿＿＿＿＿＿＿＿＿＿＿＿＿＿＿＿＿＿＿＿＿＿＿＿＿＿＿

项目目标＿＿＿＿＿＿＿＿＿＿＿＿＿＿＿＿＿＿＿＿＿＿＿＿＿＿＿＿＿＿＿＿＿＿

＿＿＿＿＿＿＿＿＿＿＿＿＿＿＿＿＿＿＿＿＿＿＿＿＿＿＿＿＿＿＿＿＿＿＿＿＿＿

＿＿＿＿＿＿＿＿＿＿＿＿＿＿＿＿＿＿＿＿＿＿＿＿＿＿＿＿＿＿＿＿＿＿＿＿＿＿

项目可行性分析＿＿＿＿＿＿＿＿＿＿＿＿＿＿＿＿＿＿＿＿＿＿＿＿＿＿＿＿＿＿

＿＿＿＿＿＿＿＿＿＿＿＿＿＿＿＿＿＿＿＿＿＿＿＿＿＿＿＿＿＿＿＿＿＿＿＿＿＿

＿＿＿＿＿＿＿＿＿＿＿＿＿＿＿＿＿＿＿＿＿＿＿＿＿＿＿＿＿＿＿＿＿＿＿＿＿＿

＿＿＿＿＿＿＿＿＿＿＿＿＿＿＿＿＿＿＿＿＿＿＿＿＿＿＿＿＿＿＿＿＿＿＿＿＿＿

＿＿＿＿＿＿＿＿＿＿＿＿＿＿＿＿＿＿＿＿＿＿＿＿＿＿＿＿＿＿＿＿＿＿＿＿＿＿

＿＿＿＿＿＿＿＿＿＿＿＿＿＿＿＿＿＿＿＿＿＿＿＿＿＿＿＿＿＿＿＿＿＿＿＿＿＿

项目方案设计＿＿＿＿＿＿＿＿＿＿＿＿＿＿＿＿＿＿＿＿＿＿＿＿＿＿＿＿＿＿＿＿

＿＿＿＿＿＿＿＿＿＿＿＿＿＿＿＿＿＿＿＿＿＿＿＿＿＿＿＿＿＿＿＿＿＿＿＿＿＿

＿＿＿＿＿＿＿＿＿＿＿＿＿＿＿＿＿＿＿＿＿＿＿＿＿＿＿＿＿＿＿＿＿＿＿＿＿＿

＿＿＿＿＿＿＿＿＿＿＿＿＿＿＿＿＿＿＿＿＿＿＿＿＿＿＿＿＿＿＿＿＿＿＿＿＿＿

项目团队构成及分工＿＿＿＿＿＿＿＿＿＿＿＿＿＿＿＿＿＿＿＿＿＿＿＿＿＿＿＿

＿＿＿＿＿＿＿＿＿＿＿＿＿＿＿＿＿＿＿＿＿＿＿＿＿＿＿＿＿＿＿＿＿＿＿＿＿＿

＿＿＿＿＿＿＿＿＿＿＿＿＿＿＿＿＿＿＿＿＿＿＿＿＿＿＿＿＿＿＿＿＿＿＿＿＿＿

＿＿＿＿＿＿＿＿＿＿＿＿＿＿＿＿＿＿＿＿＿＿＿＿＿＿＿＿＿＿＿＿＿＿＿＿＿＿

项目团队口号＿＿＿＿＿＿＿＿＿＿＿＿＿＿＿＿＿＿＿＿＿＿＿＿＿＿＿＿＿＿＿＿

二、项目计划

项目内容＿＿＿＿＿＿＿＿＿＿＿＿＿＿＿＿＿＿＿＿＿＿＿＿＿＿＿＿＿＿＿＿＿＿

＿＿＿＿＿＿＿＿＿＿＿＿＿＿＿＿＿＿＿＿＿＿＿＿＿＿＿＿＿＿＿＿＿＿＿＿＿＿

项目关键点_____

_____

项目进度计划_____

_____

_____

项目控制方法_____

_____

_____

三、项目执行

1. 企业(产品或服务介绍)_____

_____

_____

2. 间接环境分析_____

_____

_____

3. 直接环境分析_____

_____

_____

4. SWOT 分析_____

_____

_____

5. 项目调查目标_____

_____

90

6. 调查问题设计 _____

_____

_____

_____

_____

_____

7. 调查结论 _____

_____

_____

8. 项目策划目标 _____

_____

9. 项目策划内容（纲要） _____

_____

_____

_____

10. 项目策划实施要求 _____

_____

_____

四、项目总结

1. 项目结论 _____

_____

_____

2. 项目收获（团队、个人） _____

_____

_____

_____

3. 项目自我评价 _____

_____

_____

五、项目教学成果

1. PPT

2. 策划案文案（10 000 字）

3. 个人总结材料（2 000 字）

参 考 文 献

1. 郝黎明.市场营销实训教程.北京:机械工业出版社,2010.

2. 姚丹,包丽娜.市场营销实训教程.大连:东北财经大学出版社,2009.

3. 刘莉.市场营销管理实训教程.北京:清华大学出版社,2010.

4. 彭石普.市场营销——理论、实务、案例、实训.大连:东北财经大学出版社,2010.

5. 陈宝玉.营销策划实训教程.武汉:华中科技大学出版社,2007.

6. 李叔宁.现代营销学.北京:中国商业出版社,2009.

7. 陆少俐.市场营销学.北京:中国经济出版社,2011.

8. 吴健安.市场营销学.北京:高等教育出版社,2007.

9. 詹姆斯·L.伯罗.市场营销(学生手册).北京:电子工业出版社,2009.

10. 郭国庆.市场营销学习题.武汉:武汉大学出版社,2011.

11. 单凤儒.市场营销综合实训.北京:科学出版社,2009.

12. 谢守忠.市场营销实训教程.武汉:武汉大学出社,2008.

13. 吴宪和.市场营销实验实训教程.南京:东南大学出版社,2007.

14. 吴国红.市场营销师培训教程.北京:化学工业出版社,2006.

15. 赵越.市场营销实训.北京:首都经济贸易大学出版社,2008.

16. 李宇红,周相平.市场营销实训教程.北京:人民邮电出版社,2009.